DU MÊME AUTEUR

Aux Éditions Gallimard

L'ART FRANÇAIS DE LA GUERRE, 2011.

ÉLUCIDATIONS

ALEXIS JENNI

ÉLUCIDATIONS

50 anecdotes

GALLIMARD

Cette grosse langue étalée

En voyant la grosse langue sortie, je me suis souvenu. Ce type debout derrière, je ne sais même pas qui c'est. Le boucher sans doute, peut-être le tripailleur ; ou le tripier, plus raisonnablement. Il se tient derrière, peu amène, les bras croisés et les manches de sa blouse retroussées ; sa blouse est propre mais j'y hallucine des traces de sang ; devant s'étalent les viandes et leurs couleurs, les roses, les bruns, les gris, des différents viscères que l'on mange.

Quand je vis la grosse langue de bœuf coupée, je me suis souvenu en avoir mangé souvent. Je la mangeais à la cantine et je me souviens d'une sauce froide, piquante, mais je confonds peut-être avec l'aspect de sa peau. On n'en mange plus maintenant, il est inimaginable de présenter une langue reconnaissable à des enfants de huit ans. Je me souvins devant l'étal de la masse énorme dans le plat d'acier, de sa forme étrange pour de la viande, et seulement le bout qui soit une langue, et le reste un morceau de gorge déchirée sans précautions. Je me souviens de sa texture de fibres entrecroisées, recouverte d'une peau à petits picots qui se détachait facilement après cuisson. À la cantine c'était parfois jour de langue, mais on n'en mange plus. J'avais oublié ces détails mais ils me sont revenus d'un coup, devant l'étal où s'exposait de la tripaille, où se montrait tout, brut, nu, reconnaissable, et le tripier, bras croisés derrière son banc réfrigéré chargé de viandes, cachait ses grosses mains sous ses bras velus que découvraient ses manches retroussées.

«Que voulez-vous?

— De la langue, et aussi de la cervelle.»

La cervelle aussi, je me souvins d'en avoir mangé. Plus personne maintenant n'imagine mettre ça dans sa bouche. Je retrouvais à la revoir son goût et sa consistance : cela fondait jusqu'à l'écœurement; on en reprenait sans pouvoir s'arrêter, en guettant le moment où le fondant lassait. Je rapportai chez moi deux paquets enrobés de papier rose, l'un mou, l'autre dense.

Je me renseignai et retrouvai la façon de les cuire. Dans l'assiette la cervelle chaude tremblotait. Je me demandai à la voir comment on peut penser avec ça. Et pourtant, chez l'homme comme chez l'agneau, la cervelle est bien l'organe de la pensée. Un coup de couteau en surface ouvrit un sillage qui se referma derrière la lame : pas de trace. Elle ne se souvient de rien. Comment la pensée peut-elle s'enregistrer sur un support aussi mou? Comment peut-on écrire des souvenirs dans le flasque d'une cervelle? C'est aussi impossible que de dessiner à la plume sur un morceau de flan : la matière ne s'y prête pas. Il est normal au fond que l'on ne se souvienne pas de tout. Le souvenir est un miracle, l'état naturel de la pensée est l'oubli, et il ne reste des souvenirs que ceci : un tremblement qui s'estompe assez vite dans une masse molle que l'on a secouée. Je dégustai mes souvenirs d'enfance. La cervelle fondit sous ma langue, s'écoula plus que je ne l'avalai. La langue, elle, me résistait; je la mastiquais avec entrain, cela durait, j'avais dans ma bouche quelque chose de consistant.

Je mangeai ce jour-là cervelle et langue. Je mangeai par nostalgie des viandes que l'on ne mange plus, pour les avoir rencontrées par hasard un jour de marché; et je sentis que la langue est bien plus ferme que la pensée.

L'idée évanouissante du chat

Je passe souvent dans cette rue, où ils vécurent tous les deux dans une chambre, mes parents encore ensemble, avec moi. Mais je ne sais plus retrouver la porte, ni la fenêtre, dans ces maisons qui se ressemblent toutes au long de la rue, alors je passe, et je me souviens qu'ils vivaient encore ensemble, dans une chambre avec moi, mais je ne sais plus où. Dans cette chambre-là, je me souviens d'avoir prononcé mon premier mot. Mais je ne sais plus où c'est; je ne sais même plus si ce n'était qu'une seule chambre où nous habitions tous les trois. Je me souviens d'avoir prononcé ici — que je ne sais plus retrouver — le premier mot qui franchit mes lèvres, le tout premier mot de la foule des mots que je prononçai ensuite, et celui-là fut un échec, personne ne le comprit, et il n'eut aucun effet.

Mon premier mot je l'ai dit assis sur une chaise. Du moins je crois. On m'asseyait sur une chaise pour bébé, plus haute que les autres, cerclée de bois pour que je ne tombe pas. Alors je ne tombais pas, je restais assis, en l'air, mes pieds ne touchant pas le sol, et je voyais la fenêtre ouverte inaccessible, donnant sur le ciel ensoleillé, et tous en me tournant le dos regardaient dehors. Elle était pour moi hors d'atteinte, cette fenêtre ouverte d'où venait la lumière, j'étais prisonnier du cercle de bois de ma chaise qui faisait tablette à hauteur de mon ventre. Mais tous étaient penchés à cette fenêtre, mes parents regardaient dehors. Et me tournaient le dos. L'espace de la chambre nous séparait, qui à l'époque était immense, sans mesure puisque je ne pouvais le franchir, un espace de plancher ensoleillé et vide derrière leur dos, devant moi, et eux regardaient dehors. Je vis un chat traverser la pièce. Il marchait à pas rapides, discret, à pas de chat qui ne se fait pas voir. Moi, je le voyais du haut de ma chaise de bois, et pas les autres, tournés vers la fenêtre, penchés vers je ne savais quoi d'ensoleillé, qui serait dehors, et hors d'atteinte, et merveilleux. Je m'agitais. Je voulais signaler le passage du chat. Il se glissa par la porte entrouverte dans la pièce à côté, sans personne pour le voir, sauf moi, l'enfant qui ne parlait pas. Du coup, cette maison où nous vivions ensemble devait avoir deux pièces. À moins qu'il ne fût parti dehors, par la porte principale laissée entrouverte, que personne ne surveillait. Je m'agitais, ma mère se retourna, elle s'approcha. Je pointais le doigt vers le chat qui filait, vers l'ombre du chat, vers le mouvement évanouissant du chat qui était passé puis parti, sur l'idée passagère du chat qui n'y était déjà plus, et elle me regardait un peu inquiète car je m'agitais sur la chaise pour bébé, plus haute que les autres. Alors je dis «chat». Je dis en un seul mot la présence évanouissante du chat, sa vitesse de disparition, l'idée du chat sortant en silence, je dis le chat plus là, derrière eux, mais qui avait été là. Et je l'avais vu. Je dis «chat». Doigt pointé sur le plancher vide, ensoleillé, vers la porte entrouverte qui donnait sur une autre chambre, ou dehors, je ne me souviens plus.

Ma mère ne fit que me sourire et s'assura que je ne tombais pas. J'étais si déçu. Je dis encore «chat» en pointant mon doigt. Elle ne le vit pas. Il n'était pas là, et elle ne le devina même pas dans ce mot que je prononçais.

Rassurée elle se retourna, rejoignit mon père pour regarder dehors, en bas, dans cette lumière qui commençait à la fenêtre, hors d'atteinte pour moi car j'étais dans le cercle de bois de ma chaise. Ce fut mon premier mot. Et j'en pleurerais encore de frustration. Je ne sais même pas si dans cette maison-là où nous vivions ensemble il y avait un chat. J'avais échoué à le dire, malgré tout mon désir, et la lumière dehors je ne l'avais pas atteinte. Je répétais encore plus fort ce que je voulais dire mais on ne l'écoutait plus.

Et maintenant, quand je passe dans cette rue où ils vécurent dans une chambre, mes parents encore ensemble, avec moi, je ne sais plus en retrouver la porte ; je ne sais pas où pointer mon doigt pour que l'on comprenne où est sorti le chat, dans une autre chambre qui aurait été là, ou dehors. Je ne le sais plus, je l'ai dit, et cela n'eut aucun effet.

Juste traverser Batna

Je n'y étais pas encore. Mais j'ai des souvenirs du
début des années 60, le souvenir d'une lumière géométrique, d'un soleil sans nuances, qui découpait des
plages de lumière vive et des zones noires sur les grands
bâtiments de béton balnéaire que l'on construisait alors.
On construisait en fonction du soleil, en fonction de
l'effet que produiraient ces grands bâtiments au soleil,
en se découpant sur un ciel uniforme; on ménageait par
des plis de béton une part d'ombre où l'on serait bien.
On garnissait les façades de panneaux de toile que l'on
pouvait relever en marquise devant chaque fenêtre; voilà
pour le balnéaire. Les bâtiments du début des années 60
sont conçus pour un été immobile, pour un Sud de
couleurs simples, bleu, blanc, et noir, pour une vue sur
la mer, pour regarder la Méditerranée. Les hommes
allaient en chemise blanche barrée d'une fine cravate, ils
portaient des lunettes anguleuses à grosse monture, et
ces angles autour de leurs yeux leur donnaient l'air de
ricaner, comme ricanaient les voitures avec leurs phares
pointus, comme ricanaient les meubles avec leurs tiroirs
obliques, comme ricanaient les immeubles balnéaires

15

avec leurs angles faiseurs d'ombre, leurs yeux plissés par le soleil et fixés sur la mer, leur immobilité tragique devant la Méditerranée.

J'aime encore maintenant la simplicité de ces architectures, la simplicité de ce ciel que l'on imaginait toujours uniforme, la simplicité des actes d'alors. Il était possible, par un pan de béton coupé en biais, de séparer l'ombre de la lumière. On aimait l'action, on la considérait avec une ironie légère, on l'accomplissait avec le fiévreux enthousiasme de ces années-là, avec la conscience du progrès qui emportait tout sans discuter ; on piaffait alors, et on allait.

Ce béton-là cinquante ans après se dégrade mais j'admire encore sa hardiesse, cette façon simple que l'on avait de s'affranchir ; de penser, de juger, d'agir.

Je n'y étais pas mais j'ai le souvenir de mon père marchant dans les rues de Batna en 1961. Les rues de Batna, j'y suis allé bien plus tard mais tout était encore là : les bâtiments bas de la rue principale, la poussière dans l'air, le soleil insupportable. Pour mon père, j'ai des photos. Alors je sais bien d'où il vient, le décor : de mon voyage ; et je sais bien d'où il vient, le personnage : de photos. Et à partir de ça je me représente une scène dont je ne peux pas me souvenir ; je la ressuscite avec tant de force que je pourrais en décrire les détails, tous, jusqu'à prouver qu'elle est vraie, par insistance et accumulation.

Je vois parfaitement, en moi et devant moi, mon père marcher dans les rues de Batna au début de l'automne 1961. Il était professeur, il occupait son premier poste, il avait été nommé dans le département de Constantine — on pouvait travailler là comme à Lyon, comme à Rennes. Je le vois et le sens, marcher dans les rues de Batna en octobre 1961, dans cette même rue où je marcherais vingt-cinq ans plus tard, par hasard, sans savoir qu'il l'avait fait.

À Batna en 1986, je passai des heures à négocier à la Grande Poste le retrait de dinars que l'on ne voulait pas me donner et que l'on me donna finalement, avec une grosse liasse de papiers tamponnés qui dégageaient la responsabilité de tous ceux qui avaient accepté de me les donner; et ensuite je descendis la rue principale, pestant contre l'administration de la République algérienne, j'allais entre les bâtiments bas qui la bordaient et je remarquais les traces de balles sur les murs, et les cafés munis de grands miroirs ternis très anciens, et la liste des consommations en français, abîmée, usée, la moitié des boissons barrées car elles n'existaient plus, les prix en francs rayés, remplacés par des prix en dinars plusieurs fois corrigés.

J'étais allé en Algérie juste avant que tout explose. J'étais allé à Ghardaïa où l'on commence à être ailleurs. Je m'étais arrêté à Batna après la traversée des Aurès. Quand je revins en France, ma mère me dit : «Ton père était à Batna; c'était son premier poste.»

Il n'en avait jamais parlé. J'avais cru que son premier poste était celui où il était encore, où je l'avais toujours connu; là où il m'avait donné naissance. J'allai le voir. Il haussa les épaules. Batna? Ah oui. C'était son premier poste. En 1961. En pleine guerre? En pleine guerre. «Un jour de grève générale des Européens, je suis tout de même allé au lycée, seul, et en traversant la cour j'ai été acclamé par tous les Arabes. Ils se sont mis debout et ont applaudi. Avec mes élèves, j'ai fait cours.»

Je le vois parfaitement marcher dans la rue de 1961, en costume sombre et chemise blanche, portant à la main ce que l'on appelait alors une serviette, je le vois marcher dans les rues vides de Batna en grève, avec ses lunettes à branches épaisses, ses cheveux en brosse drue et son sourire rationnel des années 60. Pendant la grève générale des Européens d'Algérie, il traversait Batna vidée pour rejoindre son poste; pour travailler quand même.

Les rues de Batna étaient alors d'un jaune éblouissant, remplies d'un soleil d'octobre. Il est juste un professeur qui va à son travail malgré la grève générale. Il faut un immense courage pour marcher dans les rues ce jour-là. Il aurait pu en chemin se faire mitrailler par deux types en scooter, abattre par un passant, enlever et égorger par l'une ou l'autre des parties en présence dans cette guerre, il aurait pu mourir par hasard car alors on mourait beaucoup, et facilement, de toutes les façons possibles; mais il avait décidé d'y aller. Il n'y avait pas de raison qu'il ne fasse pas son travail; la peur ne doit pas troubler le service public. Il eut toute sa vie des sursauts de courage où ce qui devait être fait comptait bien plus que lui-même, et il le faisait.

Il y va, il traverse Batna terrorisée où dans les rues en plein soleil il est tout seul, et au lycée en traversant la cour il est acclamé par les Arabes qui étaient là, que l'on appelle maintenant Algériens. Il est le seul Européen à être venu.

Je ne sais pas s'il a eu raison de le faire, je ne sais pas

ce qu'alors on devait faire, je ne sais même pas si les circonstances sont exactes, mais il fit preuve en allant à son travail d'un immense courage, et je veux le représenter ainsi, marchant seul, vêtu d'un costume sombre et d'une chemise blanche, regardant autour de lui par ses lunettes anguleuses, portant une serviette où sont ses cours, entouré des lances inclinées de la lumière d'octobre.

J'imagine avoir été conçu en ce jour de la traversée de Batna. Bien sûr, les dates ne correspondent pas, je ne sais rien des circonstances exactes, je n'arrive même pas à retrouver la trace de ces événements dans les livres d'histoire. J'imagine qu'il marcha, et marcher ce jour-là pour traverser la ville où il travaillait lui valut d'immenses acclamations. J'aimerais tellement être né de ce moment de courage, né du pas tranquille d'un jeune homme si beau, si droit, qui marchait tout seul dans les rues désertes d'une ville coloniale en guerre, et qui fut acclamé ensuite pour avoir seulement traversé Batna.

Aujourd'hui encore, la simplicité des bâtiments de béton balnéaire que l'on bâtissait alors me va droit au cœur.

La lumière des étoiles mortes

Il revient aux pères d'enseigner à leurs fils les secrets de la physique. La matière n'est pas si claire, et certains de ses comportements surprennent. Le monde quand il s'élargit n'obéit pas aux règles qu'on lui supposait; certains de ses paradoxes peuvent troubler; de simples explications physiques pallieront les principales inquiétudes qu'il provoque. Il revient aux pères de donner ces explications.

Je me souviens du jour où j'appris que le son n'allait pas vite, bien moins vite que l'évidence. Nous étions en montagne, nous marchions sur une route en pente, mon père avec de bien plus grandes jambes allait pourtant à mon pas, je lui tenais la main. Très loin, mais bien visible dans l'air clair, un homme assis sur un toit découvert de ses tuiles frappait les poutres avec un marteau. Il devait enfoncer des clous, je le voyais à peine tant il était loin, mais je distinguais son torse nu et je le voyais frapper. Et le son, le son exact d'un coup de marteau sur une poutre, venait jusqu'à nous, très reconnaissable, mais bien après qu'il eut frappé la poutre. Le son nous parvenait quand il levait le bras muni du marteau, et quand il l'abaissait, c'était en silence.

Un tel décalage entre ce qui est fait et ce que l'on entend fait vaciller le monde.

Enfant, quand le monde vacille, on en conçoit un trouble, un trouble physique que l'on ressent quand la voiture saute sur une bosse, quand le bateau se balance et se dérobe sous les pieds, quand le train du quai d'à côté démarre, et l'on croit que c'est le sien mais sans ressentir de mouvement. On peut aimer ces moments où rien ne va ; on peut les craindre ; ils peuvent plonger dans une panique irrépressible. Heureusement mon père m'expliqua qu'il s'agissait d'une loi simple. Il m'expliqua que le son va moins vite que le regard ; il m'expliqua que l'on voit avant d'entendre ; il m'expliqua que l'on entend, mais que cela vient après l'évidence. Il suffit d'attendre. L'évidence va vite, le son vient après ; cela expliquait tout. Je le crus. Nous marchions sur une route de montagne, et il allait à mon pas.

Je me souviens du moment exact où mon père évoqua le précieux paradoxe qui est maintenant une banalité : la lumière des étoiles mortes continue de voyager, et elle nous atteint bien après que l'étoile s'est éteinte. Il me le dit un soir, il faisait nuit, il fermait les volets de ma chambre, métalliques et ajourés, peints de vert sombre, et il fallait les déplier chaque soir pour les fermer. J'étais en pyjama, la chemise ouverte, peau nue dans la nuit douce qui entrait par l'embrasure. Mon père penché au-dehors dépliait un par un les battants de métal dont les charnières grinçaient. Dehors, dans la nuit douce, très noire, nous voyions très bien les étoiles sur tout le ciel.

Il se pencha un peu plus et me dit, parlant dans la nuit mais s'adressant à moi : «Elles sont loin ; leur lumière peut mettre des années, des siècles à nous parvenir. Et certaines, quand on les voit enfin, certaines sont déjà mortes.»

Ce précieux paradoxe, tout le monde le connaît mais on ne peut l'inventer seul. Il faut qu'on nous le dise, il faut que les pères l'enseignent à leurs fils car sinon personne ne le saurait. Quand on commence dans la vie on n'imagine pas le monde si grand. Je me souviens du moment exact où il me l'expliqua, penché à la fenêtre sur une nuit douce, très noire, où nous voyions toutes les étoiles de la grande voûte du ciel. Je me souviens des volets qui grincent quand on les ferme, et il se pencha un peu au-dehors pour me le dire, et j'étais dedans. Mon pyjama ouvert, j'étais poitrine nue — je ne sais pourquoi je me souviens de ce détail — peut-être pour bronzer légèrement à la lumière des étoiles mortes, pour que la lumière des anciens mondes vienne frotter ma peau et la fasse résonner, comme le doigt mouillé à force d'insistance fait sonner le verre. La nuit dehors était énorme et tiède, arrondie comme une grotte, et mon père se pencha dehors pour mieux voir les étoiles. Il me dit à ce moment-là le précieux paradoxe que l'on ne peut inventer seul, qui nous apprend que la durée et l'espace se confondent, que l'on mesure l'espace par des durées, que l'espace met un certain temps à être franchi, voire à naître, et que l'année-lumière, malgré son nom, est une unité de distance. Il me parla de l'incroyable lenteur de la lumière ; il m'apprit que dans l'univers si grand la lumière n'est pas instantanée; il m'apprit que ce que l'on voit enfin s'est peut-être achevé voilà longtemps.

Ce soir-là, mon père finit de fermer les volets, les verrouilla, et je m'endormis après avoir boutonné ma chemise. L'astronomie ne sert pas à grand-chose, on vit très bien sans; mais ce que l'on dit du ciel est image du monde. On peut vivre sans savoir que la lumière se traîne si lentement dans des espaces où l'on ne va pas; cela n'a pas d'importance, mais c'est bien de le savoir. Les volets clos, je m'endormis.

Il revient aux fils qui subsistent après leur père de percer d'autres secrets. La matière regorge d'étrangetés, rien n'agit comme on le souhaite, rien ne vit comme on le croit, et il est bien que tout cela s'explique. Ce que l'on découvre de secrets physiques, on le confiera aux fils qui nous écoutent.

Quand on rénova le quartier où je vis, on le recouvrit de dalles de pierre blanches, et l'été accoudé à ma fenêtre j'en fus ébloui. Je fermai les yeux; je pensai alors à cette nuit où j'appris de mon père la lenteur de la lumière. La place sous ma fenêtre reflétait le jour d'été comme un miroir de lait, je ne voyais presque rien, des éclats lumineux frétillaient entre mes cils comme d'horripilants petits insectes. Chacune de ces dalles contenait des fossiles. On les voyait apparaître en coupe, sous divers angles, échographiés par le sciage des blocs de calcaire blanc. Je sais les reconnaître, ces escargots du passé. En dessous, il en est d'autres, et d'autres encore, en couches, et cet entassement fait les montagnes. Il n'est rien de plus solide que les montagnes sur lesquelles on marche, et elles sont faites d'eau évaporée, de boue séchée, d'escargots morts.

Penché à la fenêtre les yeux plissés, ne voyant rien sinon mon éblouissement rempli de formes, je pensais à cette nuit où mon père m'apprenait l'immensité du monde et la lenteur de la lumière. L'astronomie regarde en l'air, vers le ciel noir, et ce qui n'est déjà plus vient enfin jusqu'à nous ; la paléontologie marche les yeux baissés, elle regarde ses pieds et creuse : et remonte alors ce qui était avant.

On recouvrit mon quartier de dalles blanches, j'habite sur un passé solide, je marche sur des mollusques visibles en transparence ; ils soutiennent mon pas et sont morts depuis longtemps. J'ai appris leur nom. J'ai appris, en consultant des livres, à les classer ; je connais ces fossiles sur lesquels je marche ; je sais comment ils vivaient. J'en ai tenu entre mes mains, je les ai dessinés, je sais retracer les rives et la profondeur de l'océan où ils étaient. On a creusé la montagne pour les retrouver ; plus on creuse, plus on progresse vers ce qui était. On les expose ; ils recouvrent les rues du quartier où je vis, je les vois tous les jours ; je les reconnais.

Le monde a ses étrangetés ; elles peuvent troubler quand on les découvre. Ceux qui ne sont plus sont encore là. Je peux percevoir encore ce qui n'est plus. Je peux voir sans comprendre aussitôt. Mais ceci on doit nous l'apprendre : il est impossible de le découvrir seul. Contre l'inquiétude d'un monde qui n'était pas ce que l'on croyait, il convient de faire de la physique. Mon père me l'enseigna avant de disparaître, et maintenant je le comprends. Ce qui a été dit m'atteint enfin ; et j'enseigne à mon tour ce que j'ai appris moi-même. Ce qui n'est plus est juste sous nos pieds. Dans un univers si grand que la lumière s'y manifeste par la lenteur, tout subsiste, l'eau immense s'est durcie en montagnes, et cela soutient nos pas.

Tableau de septembre

Il existe un drôle de tableau de Lorenzo Lotto où la lumière est tout à l'envers. Il s'agit d'une scène de la vie du Christ enfant, dont on ne trouve nulle part aucune trace mais que l'on peut très bien imaginer : à un Christ tout enfant on donne son bain, dans une bassine de cuivre rouge bien astiquée. Sa mère le tient, et il flotte dans une lumière qui vient d'en bas, qui vient d'en haut, une lumière qui vient de lui, et qui vient d'elle, une lumière qui les entoure et les tient.

Un jour de 1963, je flottai dans cette lumière de Christ au bain, au-dessus d'une bassine en cuivre où l'on fait cuire les confitures. Un jour de 1963 ma mère prit le car avec moi dans ses bras. Elle s'éloignait de Lyon, avec moi dans ses bras comme bagage, et s'enfonçait dans la campagne encore verte, entre de gros arbres aux feuilles confites qui finissaient de cuire dans la lumière alanguie de septembre. La lumière fatiguée reposait, elle brillait doucement, un peu d'or apparaissait au sommet des bois. Après deux mois de chaleur l'air devenu épais sentait bon, caressait la peau avec la suavité d'une confiture de fruits jaunes.

Une jeune femme de vingt-trois ans était assise un jour de septembre à la fenêtre d'un car. Elle portait un enfant contre elle qui était moi, et elle regardait émerveillée par les vitres ce qui restait de l'été. Le paysage traversé de falaises blanches était d'un vert alourdi d'un peu d'or, sous un ciel d'émail bleu.

La lumière qui vient de ce paysage vert la transfigure, sa chair brille, et le bébé qui est moi regarde sa peau lumineuse, transparente, transverbérée par la lumière langoureuse de septembre. La lumière vient de dehors mais le bébé qui est moi est placé trop bas pour le savoir : pour lui la lumière vient de partout, et sa mère en est la première illuminée, la lumière vient d'elle.

Dans ce tableau de Lorenzo Lotto, qui montre le Christ tout enfant au bain, la lumière est naturelle mais son abondance est surnaturelle. Elle jaillit comme un liquide, elle rebondit comme un fluide, elle sonne sur la bassine, elle éclaire par-dessous le visage de Marie qui porte le petit corps du Christ enfant. Visage levé, il sourit vers la source de lumière, lui brille, elle brille, tout le reste est dans l'ombre. La lumière qui sonne sur la bassine est suffisamment forte pour les porter tous les deux.

Ce bébé qui est moi regarde ce visage au-dessus de lui, ce visage illuminé qui est la première source de lumière dans le car qui file dans le paysage vert. Il le regarde, ce bébé qui est moi, il le regarde ce visage qui est celui de ma mère au moment même où une pensée la traverse, comme un nuage perce le soleil ; dans son esprit glisse cette phrase dont je ne peux que restituer le sens, car la lettre je ne l'entendis pas ; cette pensée passa dans la lumière qui me portait, comme une ombre dans la lumière de septembre, dans le vert confit où apparaît déjà un peu d'or : «C'est si beau, ici. C'est un lieu de *vacances*; et des gens vivent là *toute l'année.*»

Je la regardais par-dessous au moment où elle choisit de vivre là. Je voyais sur son visage l'émerveillement, le vert du paysage, le sucre accumulé de l'été où apparaît un peu d'or.

Nous traversions des villages de pierres, nous contournions des lacs, elle regardait toujours par la fenêtre, moi sur ses genoux, portés par la lumière d'un jour de septembre. Nous vécûmes là en effet, moi pendant près de vingt ans. Cet endroit avait les propriétés de la colle et du sucre. Il m'embarrassait tout en me nourrissant de délices. Je m'en arrachai avec peine.

Je revins à Lyon pour vivre dans du noir et du blanc, dans des lumières grises, dans des ombres perpétuelles qui ne bougent pas, des ombres électriques produites par des lampes fixées au mur. Je perdis des kilos, je m'habituai au bruit, j'étais enfin libre de ce lieu de vacance éternelle. Vingt ans après avoir été un tableau du Christ enfant, qui prenait son bain au-dessus d'une bassine de cuivre, je pris le car pour revenir à Lyon. Je rentrais.

Les grands ensembles

Au XXe siècle on construisit de grandes choses. On éleva les plus grands immeubles à habiter que l'on ne bâtit jamais. On construisit des tours, et l'on habita en l'air, plus haut que l'on n'habita jamais ; on construisit des barres, où les appartements s'alignaient comme les boîtes sur un rayon ; on construisit ce que l'on appela les grands ensembles, et nous vivions dedans.

On pensa au cours du XXe siècle aux fenêtres, bien plus que l'on n'y pensa jamais. On fit de ces grands ensembles des cages de lumière, on atteignait progressivement la lumière en agrandissant peu à peu les fenêtres. De l'extérieur, on remarquait que la place dévolue aux murs allait se réduisant. Chaque génération d'architectes consacrait un peu plus de place à la transparence. On peut dater les immeubles en mesurant la largeur de leurs fenêtres, en estimant leur rapport avec le reste des murs, et enfin les murs ne furent plus que le peu de béton nécessaire au soutien des ouvertures. Dans la barre que j'habitais enfant, d'un modèle encore ancien, des portes-fenêtres ouvraient sur le balcon : de vraies portes, qui même fermées éclairaient les pièces, et par lesquelles on passait ; dans le même objet à double nom, l'acte se mêlait à la vue, la lumière entrait chez nous, elle traversait de part en part la cuisine, le salon, et toutes les chambres. Partout dans l'appartement, il suffisait d'être assis ou couché pour ne plus voir que le ciel. Le soleil traversait ma maison sans laisser aucune obscurité.

La plus belle image que je vis de toute ma vie, l'image à laquelle j'ai pensé souvent et que je ne vis qu'une fois, que je ne revis jamais tout en l'espérant toujours, cette image-là je la dois à ces constructions que maintenant l'on décrie, car elles nous paraissent tristes, et uniformes ; mais elles laissaient voir la lumière. Les grands ensembles que j'habitais enfant prenaient la lumière par toutes leurs faces.

L'été, le soleil traversait les murs, les cloisons blanches éblouissaient de son reflet, les meubles flottaient sur le carrelage lumineux. Ces jours-là j'habitais vraiment en l'air, dans un pliage de papier de soie qui laissait tout passer. La nuit, les murs de ma maison n'offraient pas plus de résistance. Tout passait au travers. Je dormais à côté d'un renflement du mur qui contenait, disait-on, le chauffage. La cloison était plus chaude que l'air, plus chaude que mon lit, et lorsque je la tapotais la nuit elle sonnait creux. J'avais du mal à m'endormir, car j'en reculais le moment. J'écoutais la nuit. Par ce renflement creux auprès duquel je dormais montaient les bruits du grand ensemble. Un nombre infini de portes claquaient à toute heure, des bébés pleuraient que l'on laissait pleurer, des gens hurlaient sans que je comprenne rien, et d'autres leur répondaient en pleurant, des appareils creuseurs et rotatifs vrombissaient par à-coups. Chaque nuit. Je plongeais très lentement dans le sommeil, des bulles de sons venues d'en bas venaient crever dans l'ombre de ma chambre, une ombre striée des lamelles orange du lampadaire du dehors, qui passaient à travers les fentes des volets fermés.

Le jour, la lumière revenait, et les carreaux de la cuisine dansaient. On carrelait le sol des cuisines avec des tesselles larges comme l'ongle du pouce, que l'on retrouve aussi dans les piscines. La majeure partie était d'un beige clair, et les autres de couleurs vives, celles-ci disposées au hasard parmi les premières qui en formaient le fond ; cela donnait la simplification extrême d'un tableau de Miró. Dans le soleil qui entrait comme chez lui par les fenêtres, les petits carreaux de couleurs vives, partout sur le sol, partout sur les murs, dansaient avec une joie d'art moderne, avec une fraîcheur des débuts, avec un enthousiasme de création ; ils célébraient ce moment où tout est clair, où tout commence. L'image dont je parle, la plus belle que je vis jamais, que je chercherai toujours et ne retrouverai plus, fut une vision de l'intact qui ne revient pas. Je la dois aux grands ensembles qui prennent la lumière par toutes leurs faces, où nous habitions tous.

Sur le carrelage qui dansait pendant l'été, je la vis brièvement, la plus belle image que je vis jamais. Je passai dans le couloir devant la porte ouverte de la cuisine, je venais de je ne sais où, je passai devant la porte ouverte, et par la fenêtre on voyait le ciel, la lumière entrait. Ma mère debout devant la cuisinière blanche se tourna vers moi. Dans la cuisine en plein été, ma mère à contre-jour flambait. Je me sentis brûler.

Cette image dont je parle, si éblouissante, si neuve, claire comme les joies de l'époque, je la pressentis souvent, je l'entrevis dans des films qui ne s'y attardaient pas, je la recherchais avec beaucoup d'espoir, mais je ne la revis jamais. En y pensant, je fonds encore en larmes.

La buse au-dessus du lac

Je flotte sur le dos, dans le lac où je me baigne depuis trente ans. La surface de l'eau est la même, couleur d'argile un peu verte, elle sent l'eau douce et la vase. Je vois le ciel et un nuage très blanc qui passe. Voilà trente ans je faisais aussi la planche dans le même lac, je voyais le même ciel d'émail bleu et de rares nuages blancs. Les rochers non plus n'ont pas bougé, les falaises de calcaire bordées de bois sont à la même place, accrochées au ciel. Les arbres ont peut-être poussé, mais je n'en suis pas sûr. Je ne me souviens plus des proportions, je ne sais pas si la taille que je leur vois était celle d'alors; j'ai grandi, je n'ai plus de repères. Quand je viens l'été, au bord du lac où je me baigne depuis trente ans, ma mère me propose comme alors de petits pique-niques et je me laisse faire, elle prévoit des petits gâteaux, un parasol et des rabanes, et je la laisse faire, jamais je ne penserais de moi-même à tant de détails, alors je la laisse s'occuper de tout. La seule différence avec ce que nous faisions il y a trente ans en allant sur ce lac, c'est que je porte le panier, et ce service rendu, cette démonstration de force la paie de tout son souci; j'ai donc bien grandi, depuis.

Mais je la laisse faire. Je flotte sur le dos dans le lac où je me baigne depuis trente ans, et le visage tourné vers le ciel, je ne vois que ça, la falaise blanche accrochée au bleu par un velcro de buissons verts, comme je le voyais il y a trente ans, et un petit nuage très blanc qui passe. À l'aplomb de la falaise une buse tourne, comme alors. Il s'agit peut-être de la même buse qu'il y a trente ans. Elle tourne de la même façon le long de la falaise blanche au-dessus du lac. Je ne sais pas quel âge peuvent atteindre les buses. Il s'agit peut-être d'une autre, d'une descendante de celle que je voyais enfant, et elle accomplit les mêmes cercles le long de la falaise, elle passe exactement de la même façon au même endroit. Les comportements ne bougent pas plus que les pierres.

Le silo

Il arriva à mon père une histoire étrange, un dessille-
ment brusque comme on n'en trouve que dans les livres.
Ce qui montre que le monde est construit comme un
livre, même si on veut faire croire le contraire, je ne sais
pourquoi, peut-être par méconnaissance des livres.

Mon père et moi portons un patronyme étrange,
si rare en France qu'on le remarque toujours, sauf en
Alsace et dans le Lot, pour des raisons linguistiques et
historiques que je ne développerai pas. Mais ce patronyme est en général si rare que maintenant que mon
père est mort je ne vois personne d'autre qui le porte
dans la grande ville où je vis, à part mes fils, alors qu'en
Suisse il occupe des pages entières de l'annuaire de la
ville de Thun.

Pendant la guerre, alors que tout sombrait sauf la
Suisse, protégée par sa neutralité apparente et des
accords secrets, mon père passa des mois, année après
année, dans la région du lac de Thun. Il était enfant, et
il fut presque adopté par une famille de Bernois qui res-
semblaient à ce qu'on en imagine jusqu'à faire sourire :
elle, pieuse et maigrelette ; lui, gigantesque, chauve, et

peu bavard. L'organisme humanitaire qui accueillait les enfants d'Europe l'avait affecté là pour le réconforter.

Au bord du lac où il passa une part de son enfance, son patronyme étrange n'était remarqué de personne; les jeux de mots qu'en France on faisait sur lui tombaient à plat, et personne jamais ne se trompait en l'écrivant. À Thun, son nom lui foutait la paix, et il ne s'en rendait pas compte, car on ne remarque pas le calme, ni l'absence.

Beaucoup plus tard, pour des raisons que je ne dirai pas, mon père se posa avec angoisse le problème de son origine. Il n'en dormait pas. Il aurait voulu savoir; ce qui était compliqué car il n'avait plus personne à qui demander. Son père était mort depuis longtemps, sa mère ne savait rien; de toute façon elle n'avait jamais rien su de rien. Il ne lui restait qu'un passeport helvétique, dont il ne se servait pas mais qu'il gardait.

Là était noté son village; car en Suisse, chaque famille ressortit à une commune, depuis l'origine et pour toujours. La coutume est étrange, elle provient de la citoyenneté médiévale, elle remonte à l'époque des trois cantons et du serment du Grütli, la nuit, dans un pâturage au bord du lac.

Le nom de ce village ne lui disait rien. Il chercha, mais personne ne le connaissait, il n'apparaissait nulle part. Il chercha, dans les atlas, dans les bibliothèques, dans tous les livres qu'il pouvait consulter. Il ne retrouvait pas ce nom. Il ne trouvait pas son origine. C'était étrange, tout de même, ce village disparu, dont il restait le nom seul, uniquement sur son passeport. Il l'avait toujours vu écrit, il se demandait maintenant où il était. Il voulut revoir le lac de Thun où il avait passé tant d'années. Il possédait une carte à petite échelle qu'il avait achetée à l'âge adulte, quand il retournait pour des vacances dans cette ville qui l'avait accueilli sans se moquer de son nom. Il déplia la carte, l'étendit sur la table de la cuisine. Le lac de Thun en occupait l'essentiel d'une tache bleue, un grand vide qui formait le cœur du monde, sillonné des pointillés qui indiquaient les liaisons par bateau entre les petits ports de la côte. Il suivit du doigt une ligne, il franchit du doigt le lac. Là, juste en face de la ville où il avait passé la meilleure part de son enfance, de l'autre côté du lac, juste en face, visible depuis toujours, un village portait le nom qu'il cherchait, celui écrit sur son passeport.

Il se rendit là-bas. Il fallait monter au-dessus du lac, sous la montagne toujours blanche que l'on appelle Jungfrau. Le village était un groupe de grosses fermes sur un pré vert électrique, et aucune ne touchait les autres. L'une servait de mairie. Au rez-de-chaussée, une pièce qui avait dû être une écurie était aménagée, munie d'un guichet et d'étagères. L'employée de mairie sortit un gros livre relié de cuir, le volume énorme comme une encyclopédie qui servait à inscrire l'état civil depuis des siècles. L'employée feuilleta les grandes pages couvertes d'écriture à la plume, puis au stylo-bille, et trouva enfin. Elle fit pivoter le livre et regarda mon père. Il se pencha et lut. Sur la page ouverte, il était inscrit. Ainsi que moi-même. Et puis son père, son grand-père, et plusieurs autres, tous portant l'étrange patronyme si drôle en France, si difficile à orthographier lorsque nous étions en France, si propre aux calembours dont raffole l'esprit français.

Il prit quelques notes sur un carnet à spirale pour se donner une contenance et repartit. C'était le soir, le soleil baissait, et les prés suisses étaient d'un vert de plus en plus phosphorescent, comme si on les allumait pour la nuit. Il descendit vers le lac, vers la petite ville où il avait passé une part de son enfance. Un silo à grain dominait la ville, c'était son seul gratte-ciel. Elle était bâtie à la mode suisse, des maisons de peu d'étages se touchant à peine, et le silo à grain près de la gare était la seule construction d'un peu de hauteur, poteau central qui soutenait la tente urbaine déployée autour de lui.

Alors, dans le bleu du soir, au volant de sa voiture, il vit au sommet du silo à grain, en lettres énormes de plusieurs mètres éclairées la nuit, son nom s'afficher ; son nom à lui, si rare en France, si courant ici, qui était le nom de l'entreprise de transport de grain, et les lettres un peu abîmées montraient que ces inscriptions étaient là depuis longtemps, depuis bien des années. Son nom à lui avait toujours été là. Chaque fois qu'il venait ici son nom ne surprenait personne. Il n'avait jamais remarqué la grande enseigne qu'ici tout le monde connaissait. Il n'avait peut-être jamais assez levé la tête pour la lire.

De là vient l'erreur que l'on fait sur les rapports entre les livres et la vie : on croit que les livres sont sur la table, et qu'il faut baisser la tête pour y comprendre quelque chose ; alors qu'il faut se redresser. Le monde est lisible, pour peu que l'on relève la tête.

Le sens supplémentaire des mots

Il m'arrivait encore de trouver dans les livres des mots que je ne connaissais pas. Je n'en demandais jamais le sens et ne le cherchais pas. Le dictionnaire était lourd, et demander m'aurait sorti de ma lecture. Je passais et me contentais d'imaginer. Lire un livre d'aventures nécessite un rythme de bicyclette : il faut filer pour continuer d'y croire, s'arrêter peut provoquer la chute. Et puis j'aimais ces mots inconnus qui survenaient rarement. Je les regardais comme des rochers denses au milieu du flot, je les comprenais par leurs effets, par les tourbillons qu'ils provoquaient dans l'histoire ; je soupçonnais leur sens sans jamais en être sûr, ils gardaient une réserve de mystère que les autres, ceux que je connaissais bien, avaient perdue.

Je tombai un jour sur celui-ci : *renoncer*. Il apparut dans une aventure où il était question d'expédition tropicale, de recherche d'un trésor, d'une hésitation devant les difficultés. Certains aventuriers parlaient de *re-non-cer*, d'autres refusaient de *re-non-cer*. Pendant plusieurs pages le mot revenait. On se disputait en l'énonçant, le prononcer signalait une posture, on sentait son importance capitale dans l'intrigue, les aventuriers se divisaient à son propos. Je ne savais pas ce qu'il signifiait. Ensuite l'histoire reprenait son cours jusqu'au dénouement heureux ; on trouvait le trésor et on rentrait.

Je ne savais pas ce que signifiait ce mot. Des aventuriers l'avaient considéré gravement, dans un moment de doute, l'avaient répété, puis avaient atteint leur but. Je le répétais en moi-même, sans le comprendre. Peut-être fallait-il le dire à voix haute. J'entendais en lui des sons confus ; un recommencement, une négation, une action. Toute cela mêlé ; et après l'avoir plusieurs fois prononcé, ils atteignaient leur but.

Que voulait-il dire, ce mot inconnu, dont je soupçonnais le sens sans rien en savoir ? Peut-être cela : douter, considérer gravement le but, et réussir.

J'étais ravi que les livres puissent contenir des mots dont la prononciation avait des vertus. Je lisais pour cela.

Je cherchais un jour, dans ma grosse boîte de jeu de construction, une pièce particulière dont j'avais besoin. Je ne la trouvais pas. Je remuais toutes les pièces, j'y plongeais les bras, je ne la retrouvais pas. Ma mère s'affairait à côté. Je l'appelai : «Tu peux m'aider ?» Elle refusa, elle n'entra même pas dans la chambre où je jouais, elle continua de s'affairer. J'insistai. Elle refusa encore. Je ne sus plus que faire. J'avais besoin de cette pièce pour achever une construction, et je ne la trouvais pas. Je voyais ma mère s'affairer, aller et venir, elle n'entrait même pas dans la chambre où je jouais. Alors je m'allongeai sur mon lit et soupirai. Je n'avais plus que ce soupir. J'avais perdu cette pièce, et ma mère, qui excellait en l'art de ranger, refusait de me venir en aide. Je ne la retrouverais jamais. Je lui avais demandé de l'aide, elle avait refusé; je n'avais pas su la convaincre. Alors j'usai d'un mot qui avait occupé plusieurs pages d'un livre d'aventures, un mot qui en avait assuré l'heureux dénouement. «Je *re-nonce*», soupirai-je très fort.

Ma mère entra dans ma chambre en souriant, s'enquit de la pièce à trouver, la chercha et me la tendit. Ma construction fut achevée, telle que je la désirais.

Je fus émerveillé que les livres contiennent des mots d'une puissance aussi mystérieuse.

J'en fus un peu effrayé, aussi.

La radio du matin

Au matin quand je me lève j'allume la radio, et je l'écoute parler pendant que je mange. Je préfère les radios qui parlent, j'ai horreur de la musique en fond sonore, elle me blesse comme si on me raclait la peau. J'allume la radio pour qu'elle parle, pour que des gens dont j'ignore le visage parlent autour de moi. Je règle la sensibilité du poste sur une chaîne qui débite des informations, qui interroge des invités, et ils répondent. Je suis au milieu de la conversation, je mange sans dire un mot. Si la radio s'éteint je me sens nu, j'entends les frottements de la mastication à l'intérieur de moi, je m'entends manger de l'intérieur, par le cheminement du son dans les os, et je trouve cela interminable, et dangereux.

Mon père faisait de même. Il allumait la radio en se levant, et nous déjeunions. Il écoutait chaque matin une radio de plastique blanc en piètre état. Je me souviens du ton énergique de la chaîne et de ses virgules musicales, des publicités radiodiffusées et des titres du journal, je me souviens surtout de l'enthousiasme un peu forcé qui visait à compenser l'absence d'image, à réveiller les gens au matin, à maintenir un fil rythmique indexé sur les battements du cœur. Mon père déjeunait en pyjama, un vrai pyjama de pilou à gros boutons, et son épaisse chevelure ébouriffée lui tombait sur le visage. Un peu dépoitraillé, il beurrait des tartines à la chaîne, pour lui et surtout pour moi, j'avais gros appétit. Il ne disait rien. Il tartinait. Il ne regardait rien de spécial, je ne trouvais pas ses yeux, cachés par son épaisse chevelure noire dès qu'il se penchait. La radio parlait d'un air important, d'un air enjoué, et donnait du monde des nouvelles inconcevables. Je mangeais et ne demandais rien. J'écoutais. J'attendais mes tartines et le petit poste de plastique blanc en piètre état parlait, parlait, parlait indéfiniment. Mon père, lui, avait des capacités de parole limitées. Il avait du mal à engager la conversation ; et au bout d'un moment il s'arrêtait. Il n'avait pas beaucoup d'autonomie verbale, pas beaucoup de souffle dans le domaine du langage. Au matin le petit poste de plastique blanc en piètre état parlait. Dès qu'on l'allumait, il parlait. Quelqu'un l'allumait, il parlait, parlait, c'était le premier geste du matin. Nous écoutions la radio, qui débitait une énorme quantité d'informations dont nous ne savions que faire. Le Viêt-cong avait attaqué à la roquette l'aéroport de Saigon. Je ne comprenais pas contre qui chacun se battait dans cette guerre qui semblait se faire à quatre. Le nom des adversaires changeait toujours. Tout le monde s'attaquait à tout le monde. On se battait dans la rue ; des *étudiants* avaient élevé des *barricades*, ils lançaient des *pavés* sur les *CRS*. Je me souviens des mots, car je ne savais rien ni des uns ni des autres. Je ne demandais pas à mon père, il beurrait des tartines à la chaîne, la tignasse noire tombant sur ses yeux. J'écoutais. Cela m'allait, d'écouter les nouvelles du monde que je ne comprenais pas. Je ne comprenais pas qui était dans la rue, je ne comprenais pas qui était contre qui dans la rue, mais il semblait que prononcer le mot *barricade* suffisait à dire la violence. *Étudiant* était un autre mot pour violence. Dehors c'était le printemps, le sommet des arbres qui doucement se balançait, et un ciel bleu dont je voyais tout par la fenêtre sans rideaux.

Plus tard, je vis des étudiants. Ma grand-mère m'avait amené à l'université ; elle gara la voiture devant et nous attendîmes ma tante qui étudiait là. Une plaque de pierre portait ces mots, en grand : Université de Lyon ; mais je la recrée peut-être pour les besoins du souvenir. «Tu vois, tu viendras peut-être ici quand tu seras étudiant», me dit ma grand-mère, et je frémis à la réapparition du mot. Un couple de jeunes gens passa devant la voiture. Ils portaient l'un et l'autre des cheveux flottants, des vêtements amples, et marchaient sur le bitume avec leurs pieds nus, dont on voyait à chaque pas la plante incroyablement sale. «J'espère que tu ne seras pas comme ça», s'écria-t-elle. Je les observai avec étonnement, avec incrédulité, avec crainte. Je voyais des étudiants pour la première fois. Mais je ne comprenais pas tous les aspects de ce mot. Je ne comprenais pas comment ces jeunes gens si frêles, pieds nus et sales, pouvaient mettre la rue à sac, construire une barricade, attaquer des aéroports à la roquette. À Lyon les pavés sont énormes, je ne comprenais pas que l'on puisse les lancer ; à moins d'être doté de grandes mains et d'une force que je n'avais pas, que je n'aurais même pas en devenant adulte, d'une force dont je me demandais comment des jeunes gens évanescents et féminins pouvaient, eux, la posséder. Une violence cachée devait les habiter, ils devaient être doubles, duplices et ambigus, se transformer en tout autre chose en certaines situations. Le fait que leur apparence était inoffensive me faisait peur.

La radio qui parle au matin m'ouvrait sur le monde une fenêtre aux vitres dépolies. Je voyais derrière des ombres qui parlent, j'entendais des bruits que je supposais être ceux de la réalité. Je n'y comprenais pas grand-chose, mais ne demandais pas à savoir; maintenant encore, j'aime n'y rien comprendre, je ne peux me passer de la radio pendant que je déjeune.

Le poste de plastique blanc que nous écoutions chaque matin était en piètre état. Mon père le manipulait sans soin, il l'allumait chaque matin, le posait ici ou là, l'oubliait, et parfois il tombait. La coque de plastique blanc en était rayée, salie, fendue d'un côté, un angle fondu. Nous le fîmes réparer un jour et le technicien dans sa boutique l'ouvrit devant moi. Dedans il n'y avait rien. Personne n'apparut, aucun des petits bavards que j'entendais au matin. Mais la raison quand on la surprend a quand même réponse à tout : les petits personnages qui parlent ne doivent apparaître que lorsqu'on l'allume, pensais-je. On alluma le poste ouvert, pour vérifier qu'il fonctionnait. Aucun acteur n'apparut sur la petite scène formée par les graduations du condensateur. J'étais déçu. Mais ceux qui me parlaient, si proches tous les matins, devaient quand même être là. Ils doivent être plus à l'intérieur, encore plus petits, pensai-je encore. Cachés dedans. Je ne pouvais me résoudre à ce qu'il n'y ait personne dans le poste de radio que j'écoutais chaque matin. Je ne pouvais admettre que ces paroles, si étranges qu'elles fussent, ne soient pas dites.

Nous déjeunions avec mon père en écoutant la radio. Par la fenêtre nous voyions un ciel clair de printemps et le sommet des arbres, les jeunes feuilles brillant d'un vert nouveau. Il beurrait mes tartines à la chaîne, je les mangeais, j'attendais la suivante. Je me demande pourquoi ma mère n'était pas avec nous. Puisqu'il s'agissait de barricades au printemps, et de Saigon, je comprends maintenant pourquoi nous étions seuls. Ma mère enceinte ne quittait pas son lit au matin. Avec mon père nous prenions le petit déjeuner face à face. Il beurrait mes tartines à la chaîne, en silence ; et nous écoutions la radio, le petit poste de plastique blanc en piètre état, qui débitait d'une voix enthousiaste des informations que je ne comprenais pas.

Horoscope de l'apprentissage

Il y eut un jour où j'appris à nager; la veille je ne savais pas, ensuite je savais. Je me souviens exactement de ce jour-là. Je me souviens de l'instant où je parvins à flotter, où j'avançai en glissant dans l'eau sans d'autre soutien que mes mouvements. Je me souviens de cet instant-là où je fus le seul à savoir que je savais nager, juste avant de courir vers mes parents et le leur dire.

J'étais tout seul, comme chaque fois que je parviens à quelque chose. Mais je n'en suis pas très fier. Avant, j'avais utilisé une bouée, puis des flotteurs, puis une ruse : je faisais semblant; j'accomplissais les gestes corrects avec les bras mais une seule jambe, je gardais l'autre posée au fond; j'avançais, ma tromperie cachée aux autres par l'eau verte du lac.

Un jour précis de mon enfance je franchis plusieurs mètres sans toucher le fond, sans effort et sans crainte, avec l'aisance que l'on ressent quand on vole pendant les rêves. L'évidence des gestes me persuada que désormais je savais nager.

Je suis remonté sur le ponton de bois et je me suis réjoui. Je ressentis la mélancolie immédiate qui accompagne les réussites, car on voudrait y être encore. Assis sur les grosses planches au-dessus du lac — je peux retrouver l'endroit —, je séchais au soleil et je regardais l'eau verte que je venais de franchir. J'essayai par jeu de retrouver mon regard d'avant, quand cette eau était infranchissable, et je n'y parvenais plus.

Je me souviens du bonheur d'y être enfin, je me souviens d'avoir voulu fixer ce jour, d'avoir voulu lui trouver une qualité particulière, comme s'il avait été prévu depuis toujours. Je me souviens m'être répété plusieurs fois une coïncidence qui m'enchantait : nous étions le 11, en 1971, et j'avais onze ans. L'horoscope était formel : une conjonction de onze avait préparé l'événement. Ce jour-là, et pas un autre, j'avais commencé d'évoluer dans l'eau sans entraves. Les naissances, comme les débuts, sont inexplicables, les oracles les disent bien mieux que la raison.

J'ai retenu ces chiffres associés à l'eau verte pendant trente ans. Maintenant je réalise que rien ne coïncide. Je n'avais pas onze ans en 1971, et onze ans c'est bien tard pour apprendre à nager. Je ne sais pas quel est l'intrus, mais dans ce chaos de onze dont je crois me souvenir, il en est qui ne vont pas ; il faudrait choisir. Il n'en est peut-être même aucun qui aille ; et il ne peut s'agir du onzième mois car en novembre on ne nage pas dans le lac.

Rien ne va. Un autre onze doit se tenir caché. Il est ailleurs et je ne le vois pas. Il déforme mes souvenirs jusqu'à leur faire dire ce qu'ils n'étaient pas, et il leur fait taire ce qu'il est, lui, le caché.

Onze quoi ? Ce nombre, on l'écrit en chiffres de la

façon la plus étrange : on accole deux unités, et ensemble elles disent beaucoup plus, elles disent une autre chose à laquelle chacune ne saurait penser. La numération de position, pour abstraite qu'elle soit, doit avoir son rôle dans une part de ma vie que je ne perçois pas.

Mais malgré tout c'est bien onze qui réapparaît dans un éblouissement quand je pense à ce moment-là. Onze est l'image du ravissement qu'il me reste, l'image de la mélancolie verte de savoir glisser sur l'eau par moi-même. Onze me relie sans réfléchir à ce jour très ancien où j'appris à nager, à l'instant même où je sus pouvoir le faire. Dans les quelques minutes où je séchais sur le ponton de bois, j'ai tiré l'horoscope de ce jour, et je m'en souviens par ce chiffre. Peut-être pour se souvenir faut-il des artifices. Peut-être pour se souvenir des pensées tremblantes faut-il les ranger dans l'ordre des nombres, dans ce meuble à tiroirs qui paraît indiscutable, qui paraît immuable, sinon ce que l'on a fait seul disparaîtrait, ou resterait sans explication. Mais qui sait ce qui se passe dans le noir, dans le meuble des nombres, quand les tiroirs sont fermés ?

Le jour où j'appris à nager je restai quelques minutes sur le ponton de bois à sécher au soleil, avant de filer le dire à mes parents. Ma petite sœur, ma toute petite sœur de quelques mois, rampait dans le sable autour de ma mère étendue sur une serviette. Elle se penchait au bord, s'approchait de l'eau, et peut-être allait-elle tomber. L'eau verte du lac était opaque, à travers elle on ne voyait rien, ni le fond, ni la profondeur, et ce qui y tomberait, on ne le retrouverait pas.

Le peintre personnel

J'ai ressemblé au bébé de profil sur la Nativité de Georges de La Tour, celle conservée au musée de Rennes. On me l'a toujours dit, c'était frappant. Une reproduction en est restée longtemps au mur de ma chambre. Quand je découvris le timbre de 1966 qui la reproduisait, je le joignis à ma collection, comme une évidence, comme un clin d'œil que l'on me faisait, comme une reconnaissance officielle de ma ressemblance par les services postaux.

Alors quand, plus tard, adulte, m'intéressant à la peinture, j'appris que l'on avait oublié Georges de La Tour jusqu'au xxᵉ siècle, où on l'avait progressivement redécouvert, je tombai des nues. En tournant les pages d'une monographie érudite, j'allais de surprise en surprise, j'y croyais à peine. Dans ma famille on le connaissait depuis toujours. Comment avait-on pu l'oublier ? Comment avait-on pu pendant trois siècles le confondre avec d'autres peintres ? Il est si aisément reconnaissable avec son clair-obscur radical, sa palette réduite, le dépouillement de ses compositions, son application des couleurs en quasi-aplats, il est si reconnaissable que dans ma famille nous le connaissions depuis toujours. Devant la moindre photo un peu sombre, l'un de nous ne manquait pas de s'exclamer : « Oh ! On dirait un de La Tour ! » Avec un tremblement de la voix qui ne demandait pas de réponse mais ouvrait tout un monde de connivence.

Au-dessus de mon grand-père, derrière la place qu'il occupait à table quand nous nous tenions autour de lui, trônait le jeune homme du musée de Nancy, devant sa flamme, sur laquelle il soufflait tout doucement pour l'éternité.

Depuis toujours, du fond de l'obscurité de son tableau, ce jeune homme me regarde.

Comment avait-on pu l'oublier, au point de devoir le redécouvrir toile après toile ? Le jeune homme à la flamme du musée de Nancy trônait derrière mon grand-père. Il présidait tous nos repas. Comment avait-on pu l'oublier ?

Quand mes grands-parents qui me gardaient me laissaient seul, pas longtemps, une demi-heure, mon grand-père à la messe, ma grand-mère au marché, c'est avec lui qu'ils me laissaient. Quand la porte s'était refermée avec les claquements de serrures, puis la grille du jardin avec des tintements métalliques, il bougeait, l'homme à la flamme. Il bougeait par ce phénomène psycho-optique qui vous fait suivre par les regards peints, et il bougeait aussi de sa vie propre. J'en étais sûr. Autant que j'étais sûr de savoir que Georges de La Tour avait peint tous ces tableaux si reconnaissables.

Tout le monde l'avait oublié mais nous le connaissions depuis toujours ; mais peut-être n'avait-il peint que les membres de notre famille. Dès que le bruit des serrures disait que les portes s'étaient refermées, il bougeait, l'homme à la flamme. Son œil sous sa paupière baissée frétillait d'ironie ; son souffle, entre ses lèvres arrondies, activait sa flamme.

Je ne supportais pas de rester dans la même pièce que lui car il bougeait. Il s'apprêtait, du fond de l'obscurité de son tableau, à m'adresser la parole. Pour l'instant il ne soufflait que sur sa flamme, mais cela n'allait pas durer, je le savais, je le voyais à ses yeux qui frétillaient sous ses paupières, qui bientôt se lèveraient sur moi : il voulait me parler. Cela commençait dès le moment où retentissaient les portes, je les entendais se refermer, il les entendait aussi. J'étais seul dans la maison silencieuse, avec lui. Alors il me parlerait, et sortirait de l'obscurité mouvante de son tableau. Quand tout le monde était là, il ne bougeait pas, il osait à peine un regard, pas même un clin d'œil ; il trônait derrière la place de mon grand-père à table, et la présence de cet homme qui ne laissait rien paraître l'immobilisait aussi sûrement qu'une laisse et une muselière.

J'aurais pu sortir de cette pièce que nous appelions salle à manger, où trônait l'homme à la chandelle dans l'obscurité de son tableau, mais au moindre mouvement le parquet grinçait bien plus fort, comme si l'absence de mes grands-parents ne permettait plus l'étouffement des sons. Comme si ma présence seul dans la maison ne suffisait plus à étouffer les sons.

La flamme, dont les monographies érudites louaient le réalisme, bougeait. Mais que fait d'autre une flamme ? Ses lèvres aussi bougeaient, et ses yeux, et tout son visage et ses mains. Il ne me regardait pas encore et se contentait d'examiner sa flamme, mais je savais qu'il allait relever les yeux, se retourner vers moi, et me regarder du fond de son obscurité, là où pendant des jours il restait immobile pour donner le change. Il allait m'adresser la parole, et rire. Les meubles envisageaient eux aussi de se lever, ils s'étiraient autour de moi en craquant. D'autres bruits venaient d'autres pièces. Je me levais, entrais dans les toilettes et fermais la porte. Située sous l'escalier, son plafond en pente, la pièce était suffisamment petite pour que j'en perçoive tout sans bouger la tête. Les murs carrelés ne montraient aucun défaut, aucune ombre ; je m'asseyais sur la lunette sans la relever et j'attendais. Je ne baissais pas culotte car le froid sur mes arrières m'aurait inquiété. Dos au mur, j'attendais.

À la hauteur des yeux d'un homme assis, sur la petite porte qui donnait sur un débarras où l'on rangeait l'aspirateur, ma grand-mère avait épinglé, je ne sais pourquoi, le programme du trajet en diligence de Paris à Lyon. Cela datait d'un siècle et durait cinq jours. Je l'ai lu si souvent que ma lecture a dû prendre le même temps que le voyage. Je lisais le descriptif des étapes et je guettais les bruits à travers la porte. Elle ne fermait qu'à l'aide d'une targette de laiton, et je guettais à travers le verre dépoli qui ne permettait de rien voir, sauf les ombres. Des craquements venaient des parquets, ils parcouraient les couloirs comme des pas hésitants.

Le trajet se déroulait, plusieurs dizaines de *lieues françoises* chaque jour, et chaque jour des déjeuners dans des villages, et des nuitées à l'auberge. Quand j'achevais de lire le voyage en diligence, l'absence prenait fin.

J'entendais les clés dans les verrous de la grande porte. L'un de mes grands-parents rentrait, et le jeune homme regagnait son obscurité au-dessus de la table. Il reprenait exactement cette même position que personne ne vérifiait jamais, mais je savais qu'il faisait attention de prendre toujours la même. Je pouvais pousser la targette de laiton qui m'avait protégé et sortir de ma cachette. Je ne craignais plus de le croiser, je ne craignais plus de l'apercevoir dans le couloir errant à ma recherche, désespéré de ma cachette, toujours bredouille. Jamais le jeune homme à la flamme du musée de Nancy ne me trouva ; jamais il ne songea à venir me chercher là.

Je tirais la chasse et sortais en faisant mine de reboucler ma ceinture. Jamais il ne me trouva.

Il est étonnant que l'on ait oublié Georges de La Tour pendant plusieurs siècles. J'ai peine à le croire tant on reconnaît bien ses tableaux. J'ai toujours su qu'il était là, dès l'origine, dès avant ma naissance, tout au long de mon enfance, et encore aujourd'hui. Il peignait depuis des siècles les portraits de ma famille ; et les jours de grand silence, quand on me laissait seul, il me cherchait pour me peindre.

La terreur des escargots

La présence devant moi d'escargots éveille des sentiments mêlés. Il y entre du dégoût parce qu'ils bavent, mais ce n'est pas l'essentiel. Ils sont mollusques, mais fermes quand ils le veulent, sans aucun os à l'intérieur; allez comprendre. Les gastéropodes n'avancent pas vite, mais ils vont par eux-mêmes, par une pression intérieure qui ne se relâche pas. On les voit apparaître au seuil de la coquille, se déplier, développer des gonflements hésitants, mais inexorables. Ils oscillent, turgescents, ils observent avec leurs yeux tactiles, ils avancent. Ils laissent derrière eux une trace qui brille dont on sent bien qu'il ne faut pas la toucher. Ils provoquent en moi une grande terreur, qu'apparemment ils ne méritent pas. D'habitude on ne les aime pas par dégoût; ils me terrorisent. Leurs défauts classiques, leur mollesse et la glu de leur bave, ne me révulsent pas; j'y pense à peine. Mais j'ai un mouvement de recul quand je les vois avancer, je me rétracte devant leur fermeté intérieure; je tremble devant leur énormité et la géométrie maléfique de leur coquille. Ce n'est pas que les escargots soient énormes, mais ils pourraient l'être, c'est inscrit dans l'algorithme simple qui décrit leur forme.

La spirale qu'ils habitent m'inquiète. Par définition elle grossit toujours, à chaque tour elle devient un peu plus grosse, à chaque tour son ouverture bée davantage. De la spirale croissante peut jaillir un corps encore grossi. Il n'est pas de raison qu'il s'arrête de grossir, ni d'avancer, sauf à rencontrer un obstacle. Alors, effrayé, il rentre ; il n'est plus qu'effroi. L'escargot n'est pas agressif, mais quand il sort, il déborde ; il dégobille de sa coquille, il envahit dehors, emporté par sa pression intérieure. Il ne rentre que face à une pression plus forte. Il peut se cacher en lui-même, en sa coquille qui est un labyrinthe sans bifurcations, une suite continue de chambres, de plus en plus petites, et si on en remonte le couloir, il ne mène à rien, sinon en un point, lui-même enroulé en lui-même, et si l'on continue, on disparaît dans l'infiniment petit.

Je préfère ne pas m'approcher des escargots. S'ils encombrent mon chemin, je m'efforce de ne pas les écraser, je ne les prends pas entre deux doigts pour les rejeter dans l'herbe, je préfère les contourner ; ou rebrousser chemin, passer ailleurs.

Peut-être n'y pensais-je pas vraiment, avant de voir un film d'animation dont l'argument était simple : un jardinier ruiné avait l'idée de faire pousser ses salades en pleurant. Il les arrosait de ses larmes et elles grossissaient. Mais les escargots qui vivaient dans les salades grossissaient à leur tour, devenaient géants et envahissaient toute la Terre en une lente vomissure rampante. Ils écrasaient tout. Il fallait des armes définitives pour en venir à bout, des bombes totales qui stérilisent. Car il n'est aucune raison qu'ils s'arrêtent, poussés comme ils le sont par une pression intérieure. J'étais enfant et ce dessin animé me terrifia bien plus que les films faits exprès pour avoir peur. J'eus dès lors peur des escargots. J'en fis ensuite des cauchemars, je rêvais de quelque chose de mou qui avançait lentement, aussi ferme que de l'os, mais c'était de la peau moite. Même éveillé je gardais une méfiance pour ces êtres qui dans leur gaine de chair souple alliaient la géométrie à l'hydraulique. Et chez mon parrain je vis des escargots géants, ce qui fut la preuve que tout cela était vrai.

Le parrain que mes parents me donnèrent était géologue. Je ne le vis que très peu, et jamais à l'âge adulte. Il devait son poste universitaire à un travail approfondi sur les bryozoaires. On riait de ce mot, on essayait de le bredouiller, on ne s'en souvenait jamais et on ne voyait pas du tout à quoi il s'appliquait. J'ai depuis étudié la géologie, entre autres sciences, et je suis le seul de toute ma famille à savoir ce que sont et ce que furent les bryozoaires, et je pourrais l'expliquer à mes proches qui en sourient encore quand ils y pensent.

Mon parrain nous invita à voir où il travaillait, mon père annonça à ma mère qu'il m'emmenait à son ami d'enfance. Nous y allâmes tous les deux, je ne me souviens plus du trajet. Nous nous garâmes dans une rue derrière, je vis les fenêtres alignées sur la rue, mystérieuses car elles donnaient sur l'université, banales car il ne s'agissait que de fenêtres, pas plus nombreuses, pas plus grandes que celles que j'avais déjà connues. Jamais encore je n'avais vu de savants, si ce n'est au cinéma ou dans des bandes dessinées, où ils portaient des blouses blanches. Mon parrain nous accueillit vêtu d'une blouse blanche par-dessus ses vêtements de ville, des vêtements d'été car il faisait chaud. Mon père en chemisette à fines rayures semblait simple et nu. Les couloirs formaient un labyrinthe ombreux où je n'aurais pas su me retrouver, on avait baissé tous les stores à cause de la chaleur, et de gros fossiles décoraient les murs et l'escalier.

Ils me donnèrent le choix, ils étaient devant moi, les deux messieurs qui étaient amis, si beaux, si grands, dans la pénombre rayée de lumière, avec leurs chemisettes légères, leurs cheveux drus coupés court. Ils étaient côte à côte devant moi et me souriaient. «Tu veux voir les animaux ou les escargots?» J'avais envie de voir les animaux, mais je répondis les escargots, et ils s'en amusèrent.

Le premier était au bas de l'escalier, énorme, plus grand que moi. Nous montâmes. Il en était contre les murs, de grands escargots de pierre, pendus comme des trophées. Je n'osais pas les effleurer, ni demander d'où ils venaient. Mon père et mon parrain m'accompagnaient. Ils me montraient les escargots, et souriaient, et je ne savais pas exactement ce qui les amusait. Dans le long couloir de l'étage à peine éclairé s'alignaient des portes identiques, toutes fermées. Dans des meubles vitrés le long des murs les escargots de pierre attendaient. «Ils sont très vieux, tu sais», dit mon parrain en me montrant l'un des plus beaux, orné de côtes et de tubercules. Il le sortit de sa vitrine et me le tendit. Je pouvais à peine le porter, les tubercules remplissaient mes petites mains, je le lui rendis au plus vite, ce qui les amusa beaucoup.

Il souriait et, je ne sais pourquoi, mon père à côté de lui souriait aussi, ils avaient un air entendu en passant avec moi devant les vitrines. «Montre-lui les tiens», dit mon père. Nous entrâmes en son bureau, moi entre eux deux. Sur un linge propre, un escargot de pierre gisait, entouré d'outils de dentiste. Je vis alors que sa blouse blanche, au niveau de son ventre, était tachée de poussière ocre. Mon cœur battait à rompre. Je n'avais guère confiance en la solidité de la pierre dans ces couloirs déserts pour l'été, pleins d'ombres et d'échos. Ils pourraient bouger, et sortir, et je ne sais pas qui me protégerait. Ils étaient beaucoup plus gros que moi. «Voilà, dit-il. C'est le mien.» Épaule contre épaule, par-dessus ma tête ils échangèrent un sourire étincelant.

Les escargots éveillent en moi des sentiments mêlés; je préfère quand je les rencontre ne pas les toucher, je les enjambe avec réticence, le plus souvent je m'en détourne; et parfois je rebrousse chemin. Je ne suis pas de taille.

Petits superpouvoirs

L'obéissance est un mystère. Pas une énigme que l'on pourrait résoudre, mais un mystère toujours renouvelé, toujours visible, à jamais insoluble, opaque et massif comme un caillou dans l'eau qui ne se dissout pas, qui oppose sa densité obstinée à la caresse transparente du liquide ; et l'eau revient toujours, lui propose de se mélanger, mais lui refuse.

Qu'est-ce qui fait que l'on obéit ? Ou plutôt : qu'est-ce qui fait que l'on se fait obéir ? Est-ce un résultat de la raison ? Est-ce une propriété intrinsèque de la personne ? Je me le demandais tout enfant, en des termes simples, devant le tableau de Duplessis-Bertaux qui montrait le massacre des gardes suisses.

Je feuilletais souvent les livres d'histoire illustrés, je m'arrêtais sur les reproductions de tableaux pleins de personnages, et celui-là, le massacre aux Tuileries, me plongeait dans d'inquiètes rêveries sur l'obéissance.

Les gardes suisses, massés devant la porte, tiraient sur la populace. Mais la populace avançait, entourée de fumée et de flammes, hérissée d'armes blanches et de fusils dépareillés. Des cadavres vêtus de rouge jonchaient déjà la cour, un officier à terre se faisait transpercer d'une pique, il tentait de se défendre en pointant son sabre mais le geste expirant, trop mou, ne servait de rien.

Des corps s'accumulaient devant la porte défendue par les gardes alignés. Ils allaient mourir pour la plupart, disloqués, dispersés, pourchassés dans les jardins et massacrés.

On renversa le roi, on massacra ses gardes. On ne lui obéissait plus. Pourquoi obéit-on ? me demandais-je tout enfant, devant des livres d'histoire qui utilisaient des tableaux comme illustrations. Si on obéit, c'est par peur, pensai-je d'abord. Si on obéit au roi, c'est par peur de ses gardes. Mais là, le peuple massacre les gardes. Pourquoi ne l'ont-ils pas fait avant ? Pourquoi ne le fait-on pas toujours ? Et puis les gardes, pourquoi obéissent-ils au roi ? Car le roi, lui, ne peut pas faire peur ; il ne peut menacer physiquement toute son armée de gardes. Pourquoi obéissent-ils, ces grands gaillards rouges venus de Suisse, à ce petit homme replet, Louis le Seizième, qui jamais ne fit peur à personne ?

Ce tableau plein de vacarme faisait trembler les rapports humains dans ma petite âme d'enfant. Je ne comprenais pas le mystère de l'obéissance, mais il n'est aucun moyen de le résoudre. On ne peut que le figurer ; car ce qui produit l'obéissance est un détail des corps. L'instrument du pouvoir ne dépasse pas quelques millimètres.

Je le vis un jour alors que je déjeunais, et à la table voisine était un milliardaire de la nouvelle économie. Je le reconnus à sa coiffure que l'on voyait dans la presse, et à des éléments de sa conversation volés au passage. Il déjeunait avec une femme usée, toute petite et maigre, et ses lèvres fripées lui donnaient l'air triste. Il lui parlait en permanence, d'un air enjoué, et elle répondait à peine. Elle imprégnait ses mots de larmes, ce qu'elle disait semblait toujours humide, prêt à se déchirer au moindre geste un peu vif. Je n'arrivais pas à bien entendre, tout en elle avait l'air découragé, elle ressemblait à une première femme, une femme des premiers temps, quittée, et ils se voyaient pendant la pause dans un restaurant du quartier de bureaux, pour parler de leur fils que lui ne voyait pas souvent.

Il parlait sans cesse. Il la regardait par des yeux enfantins très clairs, de grands yeux où l'on aimerait figurer, dont on aimerait être vu. Il parlait de tout, des vacances au ski, de places de parking dans le quartier, pas faciles à trouver, de la courte durée des pauses, et il faudrait bientôt y aller. Elle lui parlait d'un enfant déjà grand, lui donnait de ses nouvelles, mais je ne comprenais pas ce qu'elle disait. Il la regardait, il papillonnait avec douceur, il l'entourait de ses yeux bleus enfantins dont on aimerait être vu. Elle était la femme du début, celle de l'enfant, celle d'avant la grande fortune, mais je ne sais pas comment vivent les milliardaires de la nouvelle économie, j'invente.

Il parlait de choses et d'autres avec une douce animation, il parlait des mille banalités de la vie commune, l'entrecoupant d'allusions à des voyages d'affaires, Londres, New York, Sydney. D'une belle voix il débitait des platitudes parsemées de détails qu'on ne trouve que dans les revues people ou les séries télé. Elle ne répondait pas, ou si peu, et d'une voix comme un soupir où je ne comprenais rien. J'étais à côté, je lorgnais pour m'assurer que c'était bien lui, comme sur les photos, et pour m'assurer qu'il parlait encore à la femme fragile devant lui, car à l'entendre, à simplement l'entendre, on aurait pu croire qu'il bavardait tout seul à son portable. Il se leva un peu avant quatorze heures, et tout en s'habillant il me regarda. Il était grand, fort, et avait des yeux clairs dont la transparence procurait un agréable vertige. On aurait voulu être là, devant lui, toujours. Ses yeux me fixèrent un instant, je lui trouvais le charme d'un enfant géant. À ce regard-là on ne refusait rien, jamais. De tels yeux pouvaient attirer les milliards, qui venaient dormir à ses pieds.

Plus tard, je le vis encore, l'instrument du pouvoir, car je bus un verre à côté d'une femme qui fut ministre, on va croire que je passe mon temps dans les bars, mais c'est l'occasion que l'on a de rester assis aux côtés de gens que l'on ne connaît pas. Cette femme, je l'avais vue à la télévision négocier avec ses homologues, des Allemands, des Anglais, des Américains, des brutes rompues à l'engueulade, et ils discutaient de l'orientation future des industries de la planète. Elle commanda un chocolat chaud et je n'étais pas sûr de la reconnaître. La télévision rend les gens plats, sans échelle ni présence. On a du mal à savoir quand on les croise si ce sont les mêmes, devant soi, ceux que l'on a vus sous forme de quelques pixels.

Elle ressemblait à une dame mûre devant un chocolat chaud au fond d'un grand café un peu vide, mais ses traits avaient une étrange fermeté, et de sa posture émanait un poids qui captait le regard. Elle occupait exactement sa place ; et cette exactitude rayonnait autour d'elle. Je n'étais pas sûr de la reconnaître, et je n'osais pas me lever pour lui confier, si c'était bien elle, que j'avais admiré ce qu'elle faisait lorsqu'elle était ministre.

Elle a goûté son chocolat chaud puis a reposé sa cuillère. Elle s'est levée et a rapporté sa tasse au comptoir. D'une voix très calme sans trace de demande, elle a dit au garçon : «Il n'est pas chaud.» Son timbre était juste, elle ne montrait dans sa voix aucune trace de revendication, ou de colère, ou de déception, le mode utilisé était l'indicatif le plus pur, reconnaissable au ton. Le serveur a réchauffé le chocolat et le lui a rapporté aussitôt comme si ses mains à lui étaient au bout de ses bras à elle. Il n'y eut pas d'excuses, pas d'explications, il fit. Lors des demandes les plus infimes souvent la voix tremble, mais la sienne avait la justesse qui déplace les montagnes. C'était bien elle, l'ancienne ministre.

Et puis je le vis encore, le détail qui produit l'obéissance, car je buvais un verre, encore, peut-être ne faisje que ça, et là à force j'étais vraiment noir, je bus un verre le soir dans un bar bondé et bruyant, à côté d'une star de la photo érotique qui avait enchanté mes rêves lorsque j'étais avide. À l'époque le désir bouillait dans la cuve de mon corps, et il fallait qu'il sorte. Et pour qu'il sorte j'avais besoin, plus que de femmes, de représentations de femmes, d'idées de femmes, car les femmes réelles n'auraient pu y suffire, à moins de consacrer tout mon temps, et le leur, à cette part de moi-même qui voulait s'épancher. Alors je consultais des photos, et j'avais trouvé des photos d'elle dans des tenues complexes et des postures que jamais personne ne prend. Elle était maintenant assise non loin de moi, dans un bar bruyant, simplement assise avec rien de spécial dans sa tenue, et elle était beaucoup plus vieille que sur les photos.

Elle buvait une bière avec une copine, et serrait sur ses genoux un petit sac à main, mais je la reconnus au pli de ses lèvres. Ce pli, elle l'avait encore malgré l'âge et l'affaissement de ses traits. Ce détail de ses lèvres, qu'elle avait et que les autres n'avaient pas, me faisait jouir davantage que l'apparat de ses tenues et de ses postures. Par un pli infime de ses lèvres, ses photos me donnaient plus à jouir que les autres, à l'époque où il fallait que cela sorte pour ne pas faire exploser mon corps, et les vraies femmes n'y suffisaient pas.

Elle resta un moment non loin de moi, et je n'osais aller lui parler. Je n'étais pas sûr que ce soit elle, et puis aussi je n'aurais pas su quoi lui dire, même si tous les verres que j'avais bus m'auraient bien aidé. Je ne l'avais connue que par ses photos, et elle n'en savait rien, et elle y ressemblait maintenant si peu. Et puis je n'osais aller lui parler, car j'avais peur qu'elle me réponde avec ces lèvres-là. J'avais peur qu'elle me parle, et que bouge alors ce pli infime et nerveux du tracé de ses lèvres, et qu'alors je ne puisse plus contrôler la partie incontrôlable de mon corps. Je ne fis rien, je la regardai le moins possible, tâchant de ne rien déclencher.

Il est des pouvoirs absolus qui ne dépendent pas de la taille de ce qui les cause. L'obéissance est un mystère, elle tient à une légère déviation de la forme des corps. L'obéissance a une cause de petite taille qui tient tout entière sur le visage d'un être humain. La richesse, l'érotisme et le pouvoir tiennent en équilibre sur la pointe d'une aiguille, et cette pointe n'a presque pas d'étendue. On a massacré les gardes suisses du roi de France parce qu'il ne possédait pas, Louis le Seizième, sur son visage, dans sa voix, sur son corps, l'un de ces signes qui provoquent l'obéissance. Il ne possédait rien, en aucune partie de son corps, sur quoi le pouvoir aurait pu s'appuyer ; aucun point d'appui qui lui aurait permis de soulever le monde. Ses gardes suisses furent massacrés en travers de sa porte, et lui tué.

Ce mystère insondable, dont j'eus la révélation tout enfant en feuilletant des livres d'histoire que l'on illustrait de tableaux, ce mystère inquiétant que j'aurais voulu résoudre, je n'en vins à bout qu'en le figurant, par la magie de signes présents sur le corps. Il me laisse en paix, maintenant.

Miroirs sensibles

Oh! Tout ce que virent les miroirs! et ils n'en gardent pas de traces. Il est étrange qu'ils voient tant, et qu'ils n'en gardent rien; mais je soupçonne que cela n'est pas exact.

Il faudrait qu'on me l'explique, la science de la réflexion, car je ne l'ai jamais bien comprise. La surface des miroirs, que l'on ne peut toucher car il reste toujours l'épaisseur du verre, semble avoir cette propriété de refléter une infinité d'images *en même temps*. Je ne sais pas si c'est vrai. Je voudrais qu'on me l'explique, mais je ne sais pas si je le comprendrais, et puis la physique n'a peut-être rien à y voir.

Si je me pose face à un miroir mais un peu de biais, de façon qu'il ne me reflète pas, je vois l'image d'un autre qui me regarde, à quelques pas de moi; mais lui, d'où il est, ne se voit pas, mais me voit. Le même miroir reflète au même moment deux images différentes; sa surface limitée par son cadre contient pleinement deux images à la fois. Et si nous étions dix, cela ferait dix images, et si nous étions plus encore, cela en ferait une infinité, d'images, sur le même support rectangulaire pendu au mur. Comment le miroir peut-il supporter d'en contenir autant? Comment cela ne l'arrache-t-il pas du clou qui le tient au mur, tant d'images? Comment cela ne laisserait-il aucune trace? Les images n'ont pas de poids; mais une infinité d'entre elles, réunies, ne pèseraient-elles pas? Je ne comprends pas que tout ce que le miroir reflète n'en raye pas la surface.

Mon grand-père m'avait raconté au jardin que les yeux gardaient quelques instants la trace de ce qu'ils voyaient; et ce qu'ils avaient vu juste avant de mourir restait toujours. Sur la rétine d'un homme mort, me raconta-t-il, on avait pu reconnaître le visage de son assassin. Je ne sais pas d'où cela venait, de la presse, d'un film policier, ou de l'un de ces livres de sciences parallèles, qu'il citait en restant flou sur les sources. Il m'avait raconté ça avec un amusement étrange, un peu goulu, tout à la fois ironique et persuasif, comme pour me dire — et que je m'en souvienne — que tout ce que l'on voyait laissait des traces. Je m'en souvins toujours.

Peut-être est-il des spectacles qu'il ne faut pas voir, des images qu'il ne faut pas laisser entrer en soi; car l'œil, ce miroir du monde, miroir sans tain de l'esprit, pare-brise de l'âme, en serait rayé. Et l'âme verrait moins bien, le spectacle du monde serait barré d'une rayure. Que voulait-il me dire? Que l'on trouve toujours trace de ce qui a été vu? Que ce que l'on voit se grave, et qu'ensuite on peut le deviner? Que si l'on assassine il convient de le faire masqué? Que cela finit par se savoir, ce sur quoi on a ouvert les yeux? Que l'on peut tout savoir de ce qui a été vu?

Il est sûrement des récits d'angoisse qui évoquent un

miroir fée qui garderait le reflet de scènes horribles, et ces images sans poids ne pourraient plus disparaître de ce qui les avait à un moment reflétées. Le reflet reste-rait dans le miroir, et apparaîtrait à celui qui le regarde sous un certain angle. Je crois me souvenir d'avoir lu un tel récit où Conan Doyle parlait du miroir de John Dee, mais c'était il y a longtemps, et je ne veux pas vérifier. Je le sais déjà, mon grand-père me l'a dit au jardin : il faut fermer les yeux, chercher à ne pas voir, car tout cela peut laisser des traces.

Jan Karski de cette façon eut l'âme rayée. Il parle dans *Shoah* de ce qu'il a vu, quelques minutes dans neuf heures de film. Ce film est effrayant en ce qu'il ne montre rien, des gens parlent, et plutôt que d'entendre on *voit*, on voit la trace que *cela* a laissé, et on imagine avec terreur *cela* qui n'est plus, et qui laissa une telle empreinte.

Karski n'était pas juif. Il était polonais, résistant, caché, en contact avec Londres. Il vint dans le ghetto de Varsovie à la demande d'envoyés des organisations juives, on le fit entrer par un trou du mur, il y resta trois heures. Il repartit pour Londres, puis à Washington pour dire ce qu'il avait vu. Et quand il le raconte, quarante ans plus tard, quand il raconte ce qu'il a vu pendant trois heures dans le ghetto de Varsovie, lui qui n'était pas juif, qui savait pouvoir s'évader, fuir, ne pas subir cela, lui qui était bien nourri et allait repartir, il pleure. Il pleure devant la caméra de simplement raconter ce qu'il a vu pendant trois heures, quarante ans aupara-vant. Oh mon Dieu! comme ce dut être terrifiant ce que fut le ghetto de Varsovie! pour que celui qui ne fit que l'effleurer du regard pleure quarante ans après, simplement en le racontant. Trois heures à voir avaient suffi à lui rayer l'âme, quelques jours l'auraient brisée peut-être, un mois l'aurait anéantie.

Mon grand-père au jardin, en racontant l'histoire de la rétine révélatrice, de l'assassin confondu par son reflet, voulait me prévenir de quelque chose. Son air ironique me le suggérait. Il voulait me dire de ne pas regarder, car sinon mes yeux pouvaient être rayés. Et on pourrait le savoir, ce que j'avais regardé. Je m'en souvins toujours. Son visage qu'il avait pour me raconter cela au jardin s'effaça quelque peu ; mais son sourire ironique et goulu, qu'il prit pour me le raconter, resta perché sur son épaule. De tout ce que je regardais pouvait rester un reflet. Je me souvins que le miroir de mon âme pouvait garder les reflets. Son air ironique ne me quittait pas. On pouvait savoir. On savait.

L'apparition de l'abat-son

À Auxerre, je n'avais rien à faire, si ce n'est d'attendre
mon amie qui faisait autre chose, alors tout le jour je
parcourus les rues, sans personne à qui parler mais cela
m'allait. Je notais des pensées pour moi seul qui venaient
mieux ainsi, dans des rues que je ne connaissais pas. Je
suis entré dans des églises, car la ville en compte beaucoup, je me suis assis pour regarder la lumière derrière les
vitraux, elle s'inclinait au fil des heures ; je voyais à peine
les touristes qui passaient trop vite, et je suivais des prêtres
âgés qui remontaient les nefs à pas lent, en marmottant
des paroles qu'ils tiraient d'un petit livre dont ils repé-
raient la page en y glissant le doigt. Assis dans les églises,
je pensai alors que le christianisme est une méditation
permanente sur le verbe et son incarnation, une consi-
dération millénaire des propriétés de la parole, un trésor
accumulé de réflexions sur les vertus du langage. Pendant
cette journée vide où je n'avais rien à faire, qu'à attendre
quelqu'un qui faisait autre chose, des pensées pour moi
seul me venaient, j'étais verbe incarné, je jouissais des
vertus du langage qui porte et emporte celui qui le parle,
et je parcourais toutes les rues d'Auxerre sans en oublier

une seule, porté par cette brise de mots qui souffle en soi dès que le silence se fait, que l'on entend très bien dès que l'on fait autre chose que parler. Ce vent léger souffle où il veut, il porte le poids du corps, si on prend soin de le rendre aussi léger qu'un cerf-volant de papier.

Je parcourais la ville d'Auxerre construite sur une bosse, sa cathédrale au sommet on la voyait de toutes parts, et quand à six heures la cloche sonna, un bourdon de plusieurs tonnes, le sol trembla, et la ville entière, tous les murs de pierre de toutes les maisons, comme frémit avec grâce le bois précieux d'un violoncelle. Le son du gros bourdon, plusieurs tonnes de bronze, descendait sur la ville d'Auxerre, guidé par les abat-sons de la tour. Ils étaient noirs, dentelés, disposés comme les écailles d'un reptile, ou bien comme les branchies d'un poisson, ils étaient très visibles en noir sur les ogives des fenêtres. Le mot *abat-sons* m'enchante, et les voir enfin me ravit, et les sentir me comblait. J'avais remarqué ces étranges écailles qui donnaient un aspect d'organe respiratoire à la tour gothique, mais sans y prêter attention, et quand le gros son du bronze en descendit, je me dis qu'il s'agissait là d'abat-sons.

L'objet est banal, le mot n'a guère d'intérêt, et je l'aurais sans doute ignoré si je ne l'avais lu mille fois avant de le reconnaître sur la cathédrale d'Auxerre : il ouvrait le dictionnaire, le Petit Larousse illustré dont on se servait à l'école. Il était sur la première page, accompagné d'une illustration ; il était dans mon souvenir le premier mot fréquentable, après *a* (qui ne compte pas), *abaca* (de peu d'usage), et *abajoue* (qui ne veut pas dire grand-chose en français, car c'est le nom malais d'une fibre que l'on ne trouve pas ici). Simplifions : le premier mot compréhensible du dictionnaire, le premier mot structuré comme un mot français dans le Petit Larousse illustré, était *abat-son*. Il en était aussi la première illustration, gravure pas plus grande qu'un timbre à un franc. Il ne désignait rien de connu mais je le connaissais, car il était le premier mot de ma langue. Quand j'ouvrais pour le feuilleter le dictionnaire illustré, comme on ouvre un livre, comme n'importe quel livre plein de récits, je lisais ce mot-là comme le premier mot de l'histoire, et cela continuait, la langue tout entière venait à la suite.

Dès qu'un enfant sait lire, il prend le dictionnaire comme une boîte qui contiendrait tout le langage, il l'ouvre et le fouille. Après avoir cherché les gros mots, tous ceux que l'on ne doit pas prononcer, et puis tous les avatars du sexe, il peut repérer le début et la fin, le mot qui commence et celui qui finit le langage quand il attend dans sa boîte, rangé en ordre comme les pièces d'un jeu d'échecs entre les parties. Il apprend ainsi l'existence des abat-sons, pièce d'architecture religieuse, et du zythum, bière que faisaient les Égyptiens avec de l'orge germée. Ces mots on ne les trouve pas ailleurs, ils n'ont pas d'existence dans la réalité, ils ne doivent leur survie dans la mémoire qu'à leur place dans le langage, au début, à la fin, comme un ourlet, comme une bordure, comme les formules par lesquelles on doit ouvrir ou clore tous les contes. Ces mots-là, on ne les entend jamais employer, on ne pense jamais à les dire, ils n'existent que pour ce rôle-là : ouvrir et fermer le dictionnaire, donner une limite au regard curieux des enfants qui le feuillettent : en deçà est la couverture du livre, au-delà commence l'espace sans mots, tout le langage possible s'étend entre ces deux bornes : *abat-son* et *zythum*, qui ouvrent et referment le catalogue de la langue, comme *zèbre*, ce nom à l'état pur, prétendu animal qui ne sert qu'à illustrer la dernière lettre des abécédaires, qui sinon n'aurait pas d'image, et cette lettre on l'oublierait.

Quand j'entendis sonner le gros bourdon d'Auxerre, les six coups lents qui faisaient vibrer le sol sous mes pieds, je fus ému, très ému de voir des abat-sons noirs diriger les vibrations vers moi, je fus très ému de sentir sous mes pieds l'existence réelle du langage, la vibration effective d'un mot que je n'avais jamais entendu prononcer, jamais pensé dire, un mot que j'avais seulement lu, mais souvent, je fus très ému de son existence réelle qui m'ébranlait par les pieds, par la peau, qui m'ébranlait tout entier par le choc, six fois de suite, de plusieurs tonnes de bronze.

Je ressentis d'un coup, je ressentis physiquement en marchant seul une journée entière dans les rues d'Auxerre, je ressentis la cohérence des règles du langage pendant que sonnaient six heures du soir. Je ressentis dans l'ébranlement de mes os que cette convention abstraite, le début et la fin de la langue, pouvait exister, vraiment, et je marchais à l'intérieur. Le langage existait, j'en faisais l'expérience, alors que je marchais sans parler à personne. À Auxerre, où je n'avais rien fait que d'attendre quelqu'un qui faisait autre chose, je passai la journée entière à arpenter l'intérieur de la langue. J'en touchais le bord comme on tâtonne les murs d'un couloir où l'on s'enfonce dans la pénombre. Je le sentis dans mes os. Au-delà, il n'y avait rien.

Lire l'oubli

Il est tant de livres... J'ai compté le nombre de ceux que je lirai si je me tiens au même rythme. Entre mes quinze ans et les soixante-quinze que j'atteindrai peut-être, il n'est de place que pour quelques étagères. La moindre bibliothèque municipale en contient cent fois plus, mille fois plus, elles contiennent toutes un nombre de volumes que je mettrais plus d'une vie à seulement compter ; alors les lire, je n'y parviendrais pas. J'en lirai juste quelques-uns, dans les rayonnages à ma portée. Je m'y emploie, pourtant, à faire comme si je lirais tout. Je lis, depuis que je sais déchiffrer les signes, je lis beaucoup car j'aime le faire plus qu'aucun autre acte dans cette vie, et j'oublie. J'ai beaucoup lu, mais oublié davantage encore.

J'ai mesuré ma capacité de lecture, elle n'est que de quelques étagères ; mais ma capacité d'oubli est infinie. Il me suffit pour en juger de parcourir ma propre bibliothèque, qui impressionne ceux qui la voient, mais je sais qu'elle est infime.

Je les connais, mes livres, je peux les nommer, les pointer du doigt, dire leur titre tout haut et dire quelque chose de chacun. Celui-là, je l'ai lu et je peux le raconter ; celui-là, je sais l'avoir lu mais je ne sais plus ce qu'il dit ; celui-là je ne suis pas sûr de l'avoir lu, ou simplement parcouru, ou bien ai-je eu l'intention de le lire ? Je ne sais plus. Celui-là, je ne sais plus si j'ai eu le projet de le lire ou si j'ai rêvé d'en avoir le projet ; celui-là ne me rappelle rien, et pourtant il est là : j'ai dû le désirer mais je ne m'en souviens plus, ou bien on me l'a offert. Je les possède tous, ceux qui sont là ; tous, je les ai saisis et posés là. Je ne me souviens pas de tout.

Ma capacité d'oubli est sans fin ; elle seule — et non ma capacité de lecture – égale l'infini des bibliothèques dont en une seule vie on ne voit pas la fin. Je le sais bien : ce que je lirai, en toutes ces années où je peux lire, ne sera rien face à l'infini de ce qui peut être lu ; et en plus, j'oublie. Le rapport à la littérature est fait de plus d'oubli que de mémoire.

Tous ces livres que j'ouvre un par un, je les jette en moi-même par ce trou de mes yeux, ils disparaissent sans trace, tombent au fond, mais ce fond je ne sais pas où il se trouve. Quand je jette en moi des milliers de pages, je n'entends pas cette éclaboussure que produit une pierre tombée dans un puits ; je jette, et là, rien.

Tout disparaît dans rien, et le livre que je jette en moi arrache un petit morceau de mon âme, qui tombe avec. Lire décape, gratte les parois intérieures du puits, creuse un peu plus ce gouffre dont je ne sais pas le fond. J'oublie davantage que je ne lis. Quand je commence un livre, je me demande quelle partie de mon âme trop chargée il va emporter en tombant en moi ; de quelle partie de mon âme il va accompagner la chute, la disparition dans l'oubli. J'oublie plus que je n'apprends ; lire me fait gagner en légèreté.

Où cela va-t-il, tout ce que je jette en mon âme ? Nulle part, dans l'oubli, et mon âme avec. La lecture est une fuite, et je m'en vide. J'en conçois un grand soulagement, et n'envisage pas de cesser de lire. Je marche en cette vie vers le but de cesser d'être, je marche avec constance vers la disparition de moi, engouffrant livre après livre, me les jetant en moi par l'ouverture de mes yeux, les jetant par ce puits toujours plus large, car il se creuse, car chaque livre en tombant disparaît en arrachant un petit peu plus de mon âme. Bientôt, j'espère être nu.

Je vais sans m'arrêter, j'ai l'espoir que la Terre soit ronde, j'ai l'espoir qu'en allant toujours devant l'on parviendra, par l'autre côté, d'où l'on était parti. J'ai l'espoir qu'en lisant encore j'arracherai à moi-même ce que je croyais savoir avant de lire, et enfin je me verrai en moi-même, nu et vide tel que Dieu m'a fait, et non pas tel que le temps m'a construit, de travers, et sans que je le sache. Alors je lis comme on creuse, et au fur à mesure j'oublie, et j'ai l'espoir d'arracher à moi-même la totalité de mon âme.

J'oublie tout, j'oublie davantage encore, et j'espère retrouver tout au fond l'argile vide d'avant le premier pas. Arrivé là je ne sais ce que je ferai. Je pourrai arrêter de vivre, avec le bonheur que l'on a de se glisser au soir, tard, dans des draps propres et dormir ; j'éprouverai alors le plaisir que l'on a de s'étirer en ce moment-là, de s'étirer dans des draps propres, de fourrager dans l'oreiller ;

juste avant de s'endormir. J'ai l'espoir de ne plus rien savoir, d'avoir tout désappris, et de m'endormir léger, fatigué de tous ces efforts, mais si léger. Propre et nu. En attendant, je lis, et j'oublie encore un peu davantage.

La terreur cachée dans les livres

Les pages des livres sont faites comme des portes. Elles pivotent sur leur bord, ici la couture, là les gonds, et elles tournent. On voit alors ce qu'il y a derrière. Le codex, le livre de pages cousues, est construit comme une série de portes que l'on ouvre, l'une après l'autre, des portes en trompe l'œil car elles n'ouvrent que sur d'autres portes identiques, mais on n'en est jamais sûr. Elles pourraient s'ouvrir sur autre chose. Sur quoi? Les portes s'ouvrent, et on les franchit, les pages également. On ne sait pas ce que l'on trouve derrière, on ne sait jamais sur quoi peuvent ouvrir les pages; la plupart du temps, sur d'autres pages. Mais pas toujours; parfois l'effroi.

En ouvrant des livres que je ne connaissais pas, je savais pouvoir tomber, sans que rien m'y prépare, sur l'effroi. Et étrangement ce n'est pas dans des livres de fiction que cela arrivait — bien qu'elles soient riches, les fictions, de représentations de terreur —, cela arrivait dans des ouvrages documentaires qui traitaient sans passion d'histoire et de sciences naturelles. Je feuilletais les encyclopédies avec précaution, car je ne savais pas à quoi cela pouvait mener, de tourner une page. Au fond, je le savais. Je prenais dans la bibliothèque les gros volumes du savoir avec appréhension, et joie. Je faisais basculer leur couverture comme le couvercle d'un coffre, et je regardais dedans. Je me penchais, et je voyais; il pouvait apparaître des ténèbres ou de la lumière, des choses rampantes ou des images heureuses. D'aucuns disent que la vie n'est pas dans les livres; je me demande s'ils ont bien lu, ou alors vécu. L'appréhension et la joie qui m'envahissaient à ouvrir des livres, à tourner leurs pages comme autant de portes, cette attention tremblante était le signe même que la vie était là; je prouvais la vie par le tremblement.

Dans les années de mon enfance on vendait au porte-à-porte une encyclopédie rouge, en je ne sais combien de volumes, vingt, ou trente, ou plus, dont la reliure rembourrée donnait à chaque tome le toucher d'un matelas. Mes parents avaient refusé de l'acheter, ils avaient une bibliothèque assez fournie comme ça, le vendeur avait insisté puis battu en retraite, lançant des doutes perfides sur leurs talents d'éducateurs. Je ne serais pas préparé au monde, disait-il, j'échouerais en tout ce que j'entreprendrais, faute de connaissances, faute de culture. Cette encyclopédie je la retrouvais chez mes copains, je confondais un peu les chiffres romains qui marquaient les tomes, j'en prenais un au hasard, et je feuilletais avec passion. Tout était illustré. On passait d'un sujet à l'autre. Je pouvais tomber sur des scènes terribles.

Je fus pris de vertige au seuil d'une page, en découvrant le système solaire. Non pas lui-même, car on ne le voit pas, mais son image. Je tournai une page, et il était là. Les planètes violemment colorées s'alignaient dans la nuit. Elles tournaient, c'était visible, elles filaient dans l'infini du fond noir. Le maquettiste avait bien travaillé, l'image occupait tout, n'avait pas de bords, envahissait le texte qui devenait blanc. Je fus pris d'un brusque vertige, je refermai ce livre, je le reposai, il se perdit entre tous les tomes identiques, je ne sus jamais le retrouver.

Je ne sais pas combien de tomes rouges cette encyclopédie comportait, personne ne semblait en posséder le même nombre, personne ne les rangeait correctement, les vendeurs revenaient et il en apparaissait de nouveaux. Le contenu n'en était pas classé, on y parlait de tout de façon désordonnée, peut-être imprimait-on un volume quand suffisamment d'articles étaient prêts. Tout voisinait avec tout, on ne retrouvait rien, ce que je voyais une fois je ne le retrouvais pas, mais en tirant un tome au hasard, je pouvais tomber dessus, ou sur encore autre chose. L'ensemble s'appelait «Tout l'Univers», tout l'Univers en tomes rouges. Je sais pourquoi.

Sur une pleine page deux poissons des profondeurs me regardaient sans bouger. Ils étaient semi-transparents, leurs yeux voilés me fixaient, leurs dents pointues en grand nombre se voyaient à travers leurs joues. Sur un arrière-plan atroce de grand fond, sans limites, sans lumière, fait d'encre noire mêlée de bleu, ils me regardaient, tous les deux flottant immobiles dans l'eau épaisse, face à moi, flanc contre flanc. Je fermai le livre par réflexe, je me coinçai un doigt dedans, je le rejetai loin à travers la chambre, je crois avoir crié. Mon cœur battit dans mes oreilles pendant de longues minutes, mon doigt me faisait souffrir, bien plus que pour ce léger écrasement entre deux feuilles de papier, le livre gisait de travers sur le sol. Fermé il ne représentait plus de danger. Je me résolus enfin à l'approcher, mais j'usai de précautions ; tant qu'il fut entre mes mains je ne le quittai pas des yeux. Je le glissai dans le rayonnage, entre d'autres livres, bien serré pour qu'il ne s'ouvre pas.

J'avais peur de l'obscurité que l'on trouve dans les livres. J'avais peur que la page que je tournais soit la dernière et ouvre sur la nuit, comme une porte au bout d'un couloir à l'étage, qui donnerait, sans que rien le signale, sur dehors. Elle est étrange la nuit des livres : elle est peinte. La vraie nuit est absence, manque de lumière, et on craint de s'y perdre, de se dissoudre dans cette noirceur qui n'est rien ; mais les livres sont lumière, assemblage de papier blanc, et tout ce que l'on y trace, tout ce que l'on y ajoute, chaque lettre d'encre noire est un peu de lumière enlevée. En écrivant on ajoute un peu de nuit, on construit par le pinceau la présence du vide, écrire totalement aboutirait à un livre noir, une pièce de nuit, à rien.

Des images horribles étaient disséminées dans «Tout l'Univers» que mes parents ne possédaient pas. Je le consultais secrètement. Ce que je vis de plus horrible fut le naufrage du *Titanic*. Sur une double page, le bateau tout illuminé s'enfonçait dans une mer d'encre, des reflets glacés en marquaient la surface. L'iceberg brillait d'un éclat métallique et tranquille, des barques dérivaient chargées de gens, les autres se noyaient dans l'eau froide. Le navire sombrait, il n'y avait pas de ciel, juste un couvercle de nuit posé par-dessus, un bain d'encre noire où l'on me maintenait la tête ; et j'étouffais, gelé.

L'image n'avait pas de bordure, elle allait jusqu'aux extrémités des pages, il ne s'y mêlait aucun texte. Je voyais tout ensemble, de tous les points de vue : le bateau basculer, les barques dériver, les gens se noyer, je voyais du dessus comme si je n'étais pas avec eux, du dessous comme de leur triste avenir, et parmi eux me débattant dans l'eau sans recours. Je plongeais dans ces eaux noires et on m'y maintenait la tête. Je gelais, je me noyais, il n'existait pas de bord où m'accrocher. Je refermai le livre aussi vite que je le pus, dès que je sentis cette eau m'envahir.

Il doit rester des exemplaires de cette encyclopédie en tomes rouges, dans les brocantes ou les greniers, mais je ne cherche pas à les revoir, ni pour m'en guérir ni pour m'en amuser. Je sais que cela me paraîtrait daté, maladroit, je sais que je verrais maintenant des dessins des années 60, vite réalisés, vite imprimés, des dessins pas chers pour encyclopédies d'enfants. Mais au fond de moi, j'en suis encore éclaboussé. Du contenu de ces livres, de cette eau noire qui en jaillit avant que je les referme, je suis encore mouillé.

Le livre unique

On me mit entre les mains un livre velu. On me le montra, il fallut l'admirer, il était unique ; un artiste avait relié un volume de beau papier bouffant d'une peau dont j'ignore l'origine, mais à laquelle il avait laissé tous ses poils noirs. On me le tendit pour que je l'admire, c'était un objet mais aussi un livre, on me le tendit pour que je l'ouvre, et que je le feuillette, que je m'en étonne, de ce livre-objet unique conçu par un artiste. J'eus alors entre les mains un livre velu dont le contact me fit frémir. Il était tout relié de peau, une peau couverte de poils serrés, mais pas une fourrure, une peau rose que l'on voyait à travers les poils ras. « Incroyable, n'est-ce pas ? » me demanda-t-on. En effet. Mais le sentiment qui dominait en moi n'était pas l'étonnement, c'était le trouble dégoûté.

Je le feuilletai pour me donner contenance, j'attrapai ici et là les phrases isolées dans la page, ce que l'on appelle des vers, propres à ce genre littéraire que l'on appelle poésie, que je lis mal. J'aurais préféré un roman, dis-je, et que tous les personnages soient aussi à poil. Mon mot tomba un peu à plat, fit peu sourire, mais il émanait du livre un trouble que je ressentais en le tenant dans mes mains. J'ai tenu ce jour-là un livre velu, un livre d'artiste, unique, relié d'une peau dont il avait laissé les poils. Un livre, pensai-je, ne devrait pas être relié d'une telle peau ; mais cela tombait sous le sens, de le relier d'une telle peau. Je gardai dans mes mains le livre fermé, un peu gêné, parce qu'on ne pensait pas à me le reprendre, et que je ne savais pas comment le poser sans lui faire mal. J'essayais de ne pas voir ce livre entre mes mains, mes yeux allaient ici et là sans le regarder, glissant sur mes avant-bras couverts de poils, je ne savais pas de quelle peau on l'avait relié. Je n'avais pas toujours eu tant de poils sur les bras, me dis-je ; j'avais été glabre, avant.

Vers quatorze ans j'ai arrêté de jouer. Je passais des heures allongé sur mon lit, sur le dos, à regarder le ciel par la fenêtre de ma chambre, que parfois j'ouvrais et parfois non. Les poils poussaient sur mon corps très lentement. J'envisageais parfois de revenir aux jeux de construction qui autrefois m'avaient ravi ; je les mettais en place, je répétais les gestes, je faisais retentir le bruit des pièces dans leur boîte, puis je les laissais, je retournais à mon lit, je m'allongeais sur le dos. Cela ne me disait plus rien. Je reprenais des livres que j'avais tant de fois lus, je les ouvrais, je parcourais encore les premières pages, les premières scènes de ces romans tant aimés, si connus, mais je les refermais avant même de finir un chapitre. Cela ne me disait plus rien. Je retournais à la même pose, allongé sur le dos, à regarder passer les nuages sur le ciel bleu, par la fenêtre. Je pouvais compter les nuages ; l'été ils sont parfaitement délimités, on peut les distinguer l'un de l'autre et les compter. Je passais assez de temps dans cette même position pour voir apparaître chaque nuage, le voir en plein, et suivre sa disparition par l'autre bord de la fenêtre, laissant derrière lui un ciel bleu vibrant. Puis un autre arrivait. J'étais torse nu, j'avais chaud, j'étais étendu sur mon lit sans bouger. Je ne m'ennuyais pas. J'attendais. Les poils poussaient très lentement sur mon corps. Je lus des livres que je volais.

Sur un gros cahier je me mis à écrire. J'avais déjà écrit des débuts de romans, des romans de genre, depuis l'âge de huit ans. Un roman de chevalerie de deux pages, un roman de science-fiction d'une page, un roman policier de quatre, dont je ne voyais pas bien qui serait le coupable. Mais là, je n'avais pas d'idées, et sur ce grand cahier j'écrivis ce que je voyais. Je décrivis un nuage qui passait. Je voyais par la fenêtre de ma chambre une belle montagne bien découplée, et les grands nuages blancs passaient par-dessus. Sur le gros cahier je décrivis un nuage d'été stationnant au-dessus de la montagne. Je me demandais s'il pesait. Je me demandais s'il était plus gros que la montagne. Je me demandais combien d'eau il contenait. J'évaluais tout cela de ma fenêtre, allongé sur mon lit. J'imaginais son voyage, le voyage de toutes ces particules d'eau qu'il contenait, et qui pesaient toutes ensemble comme une montagne, j'imaginais qu'elles venaient de l'océan, là-bas, très loin à l'ouest. Jamais encore je n'avais décrit quelque chose que je voyais. Je m'approchais de la fenêtre. Très lentement, les poils poussaient sur ma peau.

Je lisais des livres nouveaux que je volais dans les

supermarchés, ou bien aux devantures des bureaux de tabac ; je n'aurais jamais osé les acheter. Dans ces livres-là, des agents secrets décimaient les hommes de main au service du mal, ou s'entre-tuaient avec sauvagerie. Ils croisaient des femmes sublimes toujours un peu pareilles, tour à tour dangereuses et caressantes, qui leur tombaient dans les bras avec des sentiments dissimulés ; étaient alors décrites des scènes de sexe d'une précision documentaire, qui m'apprenaient les mots pour des choses que j'ignorais. Mais parfois au détour d'une phrase s'esquissait un geste vague, un regard sans but, une parole presque douce, émouvante, que j'étais persuadé d'avoir déjà entendue, et je souhaitais ardemment la réentendre. Le cœur m'en battait, le roman de gare me touchait. Se déroulaient ensuite de longues fusillades que je lisais distraitement.

Je reprenais le cahier relié d'une spirale, un cahier récupéré d'une année scolaire, un cahier dont j'avais arraché les pages déjà remplies, et d'une toute petite écriture qui ne dépassait pas les carreaux cinq sur cinq, je décrivais avec des métaphores poussées et des antonomases ridicules, pour faire matière, pour faire masse, pour faire langue écrite, les nuages que je voyais dans le ciel. Et ce faisant, écrivant à propos de ce que je voyais de ma fenêtre, j'avais le sentiment très fort et exaltant de commencer à vivre. Pendant ces longues journées passées à ne rien faire, allongé l'été sur mon lit, les poils poussaient très lentement sur mon corps ; ils traversaient ma peau, et apparaissaient au-dehors.

Grande lumière vide d'Héraclite

Ce fut un jour inaugural de je ne sais quoi; je ne peux douter qu'il fut inaugural. Je sentis le bonheur d'être au premier jour, bien qu'avec le recul je ne voie guère quelle différence cela fit entre le jour d'avant et ceux d'après.

C'était à la fin d'avril; j'avais passé pour me plaire une chemise rose avec des chevrons verts, ce qui est aventureux mais allait bien avec l'acidité du soleil; j'avais acheté un livre, ce que je faisais rarement, un mince volume tout neuf où l'on avait traduit à nouveau les fragments d'Héraclite. Il ne reste presque rien d'Héraclite, aucun écrit, aucune phrase entière, juste les fragments de phrases que d'autres ont citées, et l'on se contente depuis longtemps de les compiler, et d'écouter les échos lointains de sa présence.

Je traversai la rue avec mon volume neuf et je m'installai en face de la librairie, avec ma chemise rose à chevrons verts, à une terrasse ombragée sous de gros platanes. Ces platanes ont depuis disparu mais ils donnaient tout l'été une ombre frémissante percée de soleil, comme une peau de léopard en négatif agitée par la brise fraîche qui descend du Rhône. Je bus un grand verre de bière que le soleil illuminait de l'intérieur, les branchages se balançaient, j'étais balayé d'ombre et de lumière, lumière piquante et ombre froide, et je lus tous les fragments d'Héraclite que je venais d'acheter.

Ma belle chemise entrouverte flottait sur ma peau, et je vivais un moment inaugural dont je ne parviens plus à savoir ce qu'il inaugurait, si ce n'est l'idée d'un début, et le bonheur d'être là. Je lus tous les fragments d'Héraclite, dont personne ne sait exactement ce qu'ils signifient, car de ce qu'il pensa il ne reste rien qui soit entier, juste des allusions que d'autres firent, l'écho de ce qui fut dit et que l'on ne connaît pas, qui n'existe plus que dans ce miroir brisé, dont on se passe depuis des siècles les morceaux brillants.

La bière lentement s'évaporait dans ma cervelle, ma chemise voyante flottait autour de moi, elle me faisait un drapeau rose à chevrons verts, nous en étions aux derniers jours d'avril sous de grands platanes qui n'existent plus, je lisais entièrement un livre inutile et magnifique qui contenait tous les fragments d'Héraclite, et je pouvais voir autour de moi s'épanouir le temps comme se déploient les feuilles des platanes en avril : sans crainte, buvant le soleil, prenant leur place ; l'arbre heureux sous ce soleil tendre n'a aucune peur de dessécher ; il ne sait pas où il va ; il n'a d'autre but que de grandir.

Je passai, ce jour-là, toute mon âme, mes forces et mon temps, en un plaisir sans but, à lire les fragments d'Héraclite pour en goûter la poésie obscure, goûter les paroles que l'on transmet sans savoir ce qu'elles disent, et je me sentais ainsi grandir au soleil d'avril, baigné dans une lumière mouvante, verte, rose, dorée, me laissant flotter dans des fragments du verbe grec, du logos éternel, devant un verre de bière qui peu à peu se vidait, sous des platanes qui n'existent plus, en laissant jouer sur ma peau le soleil et l'ombre, et ma chemise entrouverte, rose à chevrons verts, flottait autour de moi comme la bannière que l'on plante sur un territoire vierge, comme une promesse. Je vivais enfin, me dis-je. J'inaugurais par ma chemise éclatante, par un acte sans but qui ne me procurait que du plaisir, par mon mince livre neuf, un nouvel état de ma vie.

Je ne me souviens pas du tout de quoi cela put être le début, pas plus que je ne sais exactement ce qu'ils signifient, ces fragments dont personne ne sait le sens. De si peu de mots on ne sait rien, on se contente de les transmettre en espérant un jour retrouver ce qui aurait été dit. On relit ces fragments, et on en a le sens sur le bout de la langue ; l'échec in extremis de la compréhension provoque un léger trouble, mais un trouble heureux. Ne jamais saisir tout à fait ce qu'aurait voulu dire Héraclite procure le sentiment d'une fenêtre ouverte, sans rideaux, qui donne sur l'air lumineux du dehors. Lire ces fragments troués me procura un bonheur vide, aéré, un bonheur qui se laissait toute la place, un bonheur des débuts dont je ne sais pas la cause, un bonheur inaugural dont je ne me souviens plus la suite.

Dans l'ombre des arbres qui n'existent plus, le ressac du soleil allait et venait, m'éclaboussait de fraîche lumière d'avril, et chacun des fragments d'Héraclite ouvrait une fenêtre sur je ne sais quoi. J'eus le sentiment d'un jour inaugural, du début, du début de quoi je ne sais pas, mais cela suffisait. Ma vie n'avait pas besoin d'avancer, elle était là tout entière.

AIR et EAU

Oh! cela va mieux, quand même. Je marche dans la nuit tiède de mai, et en l'air au bord de la Saône, sur une façade aveugle sont accrochées, en néons de couleur, les grandes lettres du mot AIR.

Je venais de voir Erri De Luca, qui disait avoir lu chaque matin de sa vie avant de partir pour son chantier quelques pages de la Bible, ou de n'importe quel livre important, pour sauver sa journée du travail qui allait l'engloutir. Nous l'avions entendu, ce petit homme qui sauvait sa vie en lisant, et nous descendions la Saône un soir de mai, quatre amis bavardant gentiment des livres et du salut, cherchant une terrasse dans l'air doux pour boire encore un verre, pour continuer de bavarder jusqu'à ce qu'il fasse vraiment nuit, et je vis en néons, briller au-dessus de nous, les grandes lettres du mot AIR.

Nous en sortions, c'est un acronyme, cela ne signifie pas atmosphère, mais mon esprit stimulé par ce petit homme qui sauvait son âme, par la claire douceur du soir de mai, le lisait ainsi : le mot lui-même était en l'air, en lettres de lumière, dans la douceur animée des rues juste avant l'été. Il fallait pour le voir marcher en levant la tête, en bavardant gentiment dans l'air clair du soir, marcher entre les gens qui comme nous descendaient la Saône d'un pas de promenade. Il suffisait de lever la tête, point n'était besoin de lire, l'esprit tout seul, heureux dans l'air parfumé du soir, comprenait aussitôt : c'était bien cela, AIR parfumé en l'air, en grandes lettres lumineuses.

Je dis que cela va mieux, car vingt-cinq ans auparavant, en baissant les yeux un soir de novembre sur le canal noir de la Saône, j'avais lu EAU posé à l'envers, en grandes lettres de néon accrochées aux bas-ports qui bordent la rivière. Lyon était obscure alors, et déserte la nuit, j'y allais seul et il pleuvait souvent, et je vis en baissant la tête, accroché au mur des quais, EAU écrit à l'envers. Sur les bas-ports de la Saône à cette époque personne n'allait, sinon des chiens traînés par leur maître pour y chier, des ivrognes qui parfois basculaient dans l'eau noire, ou des bandits qui jetaient là des preuves matérielles, des voitures volées ou les corps de leurs ennemis. Les grands néons de couleur, orange, jaune, bleu, avaient été accrochés à l'envers, pour que sur le vinyle tremblant de l'eau se reflète EAU en lettres lumineuses, vives et ondulantes, sur le beau fond noir de la Saône qui glissait dans la nuit sans jamais s'arrêter.

Il y avait dans ce mot posé sur l'eau l'enthousiasme vif de ces années-là, dans ses couleurs franches la promesse de l'électricité, et je vis le mot EAU en néons jaune orange bleu sur l'obscurité tendue de mon jeune âge, et cela me donnait le courage de marcher tout seul, cela me donnait l'espoir qu'il en serait un jour autrement, cela me faisait entrevoir un avenir plus clair, plus doux, qui serait entièrement irrigué de verbe, où le verbe pourrait tout dire, et tout le suggérerait. Dans la nuit froide de novembre je voyais enfin de la lumière, je sentais des néons de couleurs franches onduler dans l'affreuse obscurité de ma jeunesse, dans cette noirceur muette où je vivais sous pression. Même posé à l'envers, je vis EAU, électrique et coloré, comme une promesse.

Ce soir de mai, léger, en levant la tête je vis AIR à l'endroit, accroché à une façade ; je le vis alors que nous nous promenions, quatre amis bavardant, venant d'entendre Erri De Luca qui chaque matin lisait quelques pages pour sauver sa journée du travail qui allait l'engloutir. Je le comprenais très bien. Cela va mieux, après tout ce temps.

Le seul visage qui soit inconnu

J'ai marché dans la rue sur mon visage déchiré ; j'ai marché sur mon visage jeté dans l'ordure, sur les petits morceaux de mon visage qui débordaient de la poubelle ; j'ai marché dessus car je n'ai pas retenu mon pied, je ne me suis pas reconnu à temps, je n'ai pas compris au moment où je le faisais sur quoi je marchais ; car il est impossible de marcher sur son visage.

J'ai marché sur mon visage étalé par terre, face vers le ciel, et je n'ai pas su le reconnaître ; mais au moment de le faire, sans pouvoir m'en empêcher, je savais ; et je posai mon pied sur mon visage, sans pouvoir me retenir, je posai mon pied avec un horrible trouble, et je fis encore un pas.

Il n'est aucun objet que l'on connaisse moins que son propre visage. On ne le voit pas. On n'en a jamais qu'un souvenir, qui échappe. On use pour le connaître de dispositifs qui sont des expédients, qui visent à fixer, qui croient fixer, ce qui toujours bouge et ne reste pas. Le miroir nous montre en train de regarder le miroir ; la photo nous fige en des moments qui ne nous ressemblent pas ; le film ne dure jamais assez longtemps pour que nous sachions à quoi nous ressemblons. On ne se voit pas vivre.

Nous allons dans le monde cachés derrière notre face, nous voyons par deux petits trous ; nous vivons derrière sans le voir, nous sommes les seuls à ne pas le connaître, nous sommes avides de tout moyen qui nous révélerait notre visage. Mais malgré la perfection des moyens techniques, et leur multiplication, nous ne saurons jamais de quoi nous avons l'air ; notre visage restera à jamais ce dont nous ne savons pas à quoi cela ressemble. Nous en avons une idée, nous en construisons un souvenir, mais toujours faux, toujours vague, toujours à contretemps de ce qu'il est pour tous, et nous ne comprenons pas pourquoi nous provoquons cet effet-là, chez les autres qui nous regardent.

J'ai marché sur mon visage déchiré, étalé dans la rue, face contre ciel ; j'eus, au moment où mon pied était encore suspendu, le sentiment que le sol me ressemblait. Les pavés furent des miroirs qui me regardèrent juste avant que je comprenne que je marchais sur moi. Mon pied se posa à contrecœur ; j'essayai de l'éviter, mais sans savoir ce que j'évitais. Mon pied se posa sur mon visage sans que je me reconnaisse vraiment, sans que j'accepte que cela soit possible. Mais je savais. J'accomplis mon pas, je m'arrêtai, je me retournai pour savoir sur quoi j'avais marché.

Sur la feuille déchirée par terre, mon visage me souriait. La photographie regardait le ciel, regardait tous les passants, me regardait marcher sur elle, marbrée de traces où je reconnus bien les sculptures de mes semelles.

C'était bien moi sur qui j'avais marché, et moi qui avais marché.

À côté de la poubelle grise qui attendait le camion, des dizaines de feuilles déchirées glissaient sans effort sous l'effet des courants d'air. Sur certaines de ces feuilles j'étais souriant, du même sourire vers le ciel, et sur certaines le sourire avait été déchiré.

Maintenant je reconnaissais cette image, elle était une photo familière, prise dans mon enfance. À quelques-uns nous avions fondé un journal dans cette partie de la ville. Un journal gratuit distribué dans les rues environnantes, par jeu, par désir de rencontres, pour parler aux habitants de ces quelques rues qui étaient nos voisins. Sur la dernière page, nous, qui avions écrit, avions mis notre photo, mais notre photo enfant, pour que cela soit nous et aussi pas nous, que l'on ne nous reconnaisse pas vraiment. Ce journal, nous l'avions distribué, et certains que cela n'intéressait pas l'avaient déchiré et jeté, mis à la poubelle, et les poubelles parfois débordent. J'étais maintenant plusieurs fois au sol, regardant le ciel avec ce sourire que j'avais enfant, attendant que l'on marche sur mon visage. J'hésitai à ramasser ces feuilles volantes.

J'ai marché sur mon visage sans me reconnaître; le trouble horrible au moment de le faire m'a fait trébucher. Et maintenant que j'ai reconnu la cause de ce trouble, je ne sais que faire. Fallait-il ramasser les feuilles tombées de la poubelle, ou bien continuer mon chemin? Je me dis qu'il serait sage d'affecter en moi-même d'avoir mal après m'être marché sur le visage : que penserais-je de moi si cela ne me faisait rien? Mais je ne savais pas où avoir mal : au visage, au pied, à l'âme?

Alors je laissai tout, je laissai les papiers éparpillés autour de la poubelle, dont chacun portait mon visage enfant souriant vers le ciel, certains déchirés, certains marqués de traces de chaussures. Ce n'étaient que des feuilles mortes détachées de l'arbre : à l'automne on ne ramasse pas les feuilles tombées, on ne les fixe pas à nouveau sur la branche pour réparer l'arbre ; elles repoussent d'elles-mêmes, plus tard, avec à peu près la même forme, sans qu'elles soient tout à fait les mêmes. Je poursuivis mon chemin, laissant faire les courants d'air, les passants. Je laissai faire les chiens, la pluie, les services de propreté. Je laissai derrière moi mon visage par terre, qui disparaîtrait, comme un souvenir impossible à fixer. Je ne sais pas si cela fait mal de marcher sur son propre visage, car cela n'arrive jamais. On ne le reconnaît jamais à temps, il n'est rien que l'on connaisse aussi mal ; on n'en a jamais que le souvenir ; et il échappe.

Le nom bien rond de Sophie

Je ne me souviens plus vraiment; je crois avoir couché avec une Sophie, mais j'en ai un souvenir confus. Cela n'a pas duré; c'était il y a longtemps. J'ai vu le nom de Sophie sur la couverture d'un livre, dans la vitrine d'une librairie devant laquelle je passais, et ce nom de Sophie écrit en grosses lettres noires m'évoquait tout en marchant des rondeurs de femme. J'imaginais en marchant que le nom de Sophie était celui d'une femme toute en rondeurs, ronde de corps et ronde de visage, et souriante. Je l'imaginais tout près de moi. Tout en marchant dans la rue pluvieuse où ne passait personne, je voyais le nom de Sophie mais ce n'était pas visuel : je le traçais sous forme de gestes, mes mains agissaient, et aussi les muscles qui actionnent les poignets, et aussi les muscles des épaules qui ouvrent entièrement les bras : je traçais le nom de Sophie comme si je tenais un grand pinceau qui obéissait à tous mes mouvements. Et suite à ces mouvements — mouvements mentaux car je ne faisais que marcher dans une rue pluvieuse où ne passait personne — le nom de Sophie apparaissait, et Sophie me regardait.

Dans l'espace mental formé de mes bras et de ma poitrine, hors de mes yeux, s'épanouissaient son nom et son corps tracés en lettres rondes. Je crus d'abord imaginer sa rondeur à cause de la rondeur des lettres qui le composent; car les lettres du nom de Sophie n'ont pas d'angles : le O splendide trône en son cœur, cercle majestueux posé sans hésitation et englobant tout, équilibré en toutes ses poses. Le P l'épaule dans le même esprit, associé au H, ils remplacent un F qui serait trop aigu; et le S est onduleux, et le E finit son nom d'un geste émouvant, bras étendu achevant la phrase d'un geste vague, phrase ouverte à de tendres murmures, à des souffles indécis, à des attentes jamais précisées.

Je dépeins, je transcris en images, mais cela venait sans que je le dise, je le percevais sans le voir, en marchant sans éclat dans une rue grise; le nom de Sophie apparaissait en ses rondeurs, il me souriait, merveilleusement stable, équilibré en ses formes onctueuses, et j'entrevoyais dans les mêmes gestes — que faute de mieux je décris comme des visions — le visage d'une femme, ses joues, son buste. Sophie est le nom d'une femme toute en rondeurs, me disais-je en marchant seul dans la rue grise, et je me souvins confusément de l'avoir connue. J'en fus étonné; je ne m'en souvenais pas. Des visages divers revinrent à mon esprit où ils se confondaient, des visages imaginaires, croisés, connus, et enfin je me souvins de celle-ci, et de l'avoir tenue dans mes bras. J'hésitai. S'appelait-elle Sophie? Son visage me revint, et le contact de ses rondeurs. Je me souvins alors de l'histoire qui m'unissait à elle, pan par pan. Je n'y pensais jamais, c'était il y a longtemps, cela n'avait pas duré. Mais je m'en souviens : j'avais couché, pas très longtemps, avec une femme nommée Sophie, et son corps dans mes bras avait les rondeurs de son nom, son nom qui serait tracé d'un grand pinceau manié à grands gestes des bras, chargé d'une encre épaisse, laissant de belles traces rondes aussi délicieuses que la chair. Je me souvins enfin de l'avoir tenue en mes bras, je me souviens de l'avoir embrassée, et nous ne nous vîmes plus jamais. Elle m'accompagna tout le long de la rue grise. Je me souvenais d'elle. J'en avais gardé la mémoire, mais pas dans l'image de son visage, dans le tracé des lettres qui formaient son nom.

Gravitation

Avec moi, mes amis n'ont pas besoin d'ennemis, je m'occupe de tout. Je ne sais pas ce qui me pousse mais cela tourne mal. Je le sentis bien que cela me dépassait, quand tout convergea, la gravitation et les autres lois de la physique, quand tout convergea pour lui fendre le crâne.

Que la gravitation puisse être à mes ordres, et des ordres que je n'avais pas donnés, ceci m'effraie un peu. La gravité n'est-elle pas la force suprême? Issue du cœur des choses, indexée sur la masse, réglant dans tous les recoins de l'Univers l'attirance entre les corps? Cela ne peut être qu'une coïncidence, car il serait trop affreux que j'aie ce pouvoir-là, sans que je le sache, et sans que je le maîtrise. Pourtant, devant moi, tout concourut à lui fendre le crâne, comme si je l'avais voulu; alors que bien sûr je ne le voulais pas.

Mon ami habitait de l'autre côté de la rue, nous jouions ensemble avec des ballons, des branches, des outils pour creuser. Nous utilisions les outils de jardin à d'autres fins que jardiner. Nous traversions la rue, j'allais chez lui, il venait chez moi; nous ne restions jamais très longtemps ensemble car nous nous irritions rapidement, pour des raisons que je ne puis retrouver. Je ne me souviens plus que de l'irritation qui venait toujours, en lui et en moi, et quand cela devenait douloureux, celui qui n'était pas chez lui traversait la rue pour rentrer chez soi. Et puis cela se dissipait, nous retournions jouer ensemble sans penser à ce qui nous irritait, qui pourtant s'accumulait encore, et nous traversions de nouveau la rue, pour rentrer. Je ne me souviens plus de ce qui nous agaçait, je ne me souviens plus que de ceci : sa présence au bout d'un moment m'exaspérait, alors je fuyais, ou je voulais qu'il fuie, le temps que cela se dissipe. Cela revenait toujours. Je ne me souviens pas de son nom.

Les outils de jardinage que nous utilisions pour jouer avaient des lames, des pointes, des manches; ils figuraient des armes, un peu petites mais en acier dur, pas en plastique comme nos jouets. La matière brutale suppléait leur forme approximative. Nous jouions à l'escrime médiévale avec le plantoir, la griffe à mottes, la truelle ronde, la pelle aiguisée. La petite pelle en tôle peinte tenait bien dans la main. Son tranchant poli montrait l'acier nu, et le reste de sa pointe était couvert de rouille, grenue et rougeâtre comme une croûte de sang. Nous jouions à lancer la pelle pour qu'elle se plante dans la pelouse. Le geste de lancer est agréable, lancer la pelle réussissait merveilleusement. Le manche tenait bien dans la main, la lame saisie se lançait loin, la pointe se fichait dans l'herbe.

Nous lançâmes plus haut, il fallait lancer fort. J'ai prévenu mon ami de s'éloigner. J'ai insisté pour qu'il se mette derrière moi. Je savais que cela se faisait, de se mettre derrière celui qui lance quand se lançait quelque chose. On me l'avait dit ; je le prévins. Il s'éloigna simplement de deux pas, il voulait voir où cela tomberait. Il voulait rattraper la pelle et aussitôt la relancer. Ne pas perdre de temps. Je ne lui dis plus rien, je lançai quand même, je lançai très haut. La pelle de tôle verte s'envola. Tête en l'air nous la regardions monter. Elle allait haut. Elle allait plus loin que prévu. Elle commença de retomber ; elle tombait vers lui. Mon ami hésita, fit quelques pas errants. Je vis la pelle descendre, elle ne descendait pas vite, elle descendait inexorablement. Je suivais point par point la trajectoire de la pelle. Je ne pouvais y croire. Elle ne pouvait pas tomber sur lui, la pelouse était grande, il était loin. Cela ne pouvait tout de même pas arriver, ce contre quoi l'on nous avait prévenus. Mon cœur se serra devant la fatalité sans frein de la chute. Je me répétais qu'elle ne pouvait pas tomber sur lui ; une pelle lancée au hasard ne pouvait tomber juste sur lui, la probabilité était si faible qu'elle était impossible. Il était tout petit, et la pelouse grande, une telle coïncidence ne pouvait exister que dans les livres, dans les histoires que quelqu'un raconte. La pelle tomba sur sa tête. Il poussa un hurlement comme je n'en avais jamais entendu et il partit en courant vers la maison de ses parents, en se tenant la tête à deux mains.

Je rentrai.

Quand ses parents sonnèrent à la porte, quand ils vinrent s'expliquer avec les miens, ils prétendirent que je l'avais frappé sur la tête avec une pelle de jardin. Je niai, bien sûr, mais avec confusion. Je ne fus pas convaincant. En essayant de me défendre, je revoyais la lente progression de la pelle de jardin qui tombait du ciel juste sur la tête de mon ami, comme si elle le cherchait, comme si elle l'avait vu d'en haut et descendait jusqu'à lui ; je me souvenais de l'étrange constriction de ma poitrine pendant que ceci avait lieu, pendant la trajectoire sans recours, si pure, je me souvins de l'étrange sentiment qui me saisit à voir ainsi l'impossible se dérouler comme dans mes craintes, et pourtant je l'avais prévenu. Mais je ne l'avais pas frappé.

On connaissait mes emportements, on ne fut pas surpris de mon récit confus, cette confusion valait pour un aveu. Je fus puni, nous ne nous revîmes plus ; la gravitation est une force inexorable qui attire ou relance dans l'espace, qui émane du cœur des choses et que l'on ne voit pas. Elle règle les mouvements des astres errants, si précisément qu'on les croit décidés. Elle règle leur distance, et parfois échoue. De lui, je ne sais plus le nom.

Perdu dans l'espace

J'ai regardé un documentaire sur la conquête de l'espace, et je fus soudain lancé comme sont lancées les capsules vers ailleurs, poussées par quatre moteurs qui ébranlent Baïkonour, plaqué contre mon siège de regardeur de télévision, comme le Kosmonaut est plaqué contre le siège qui le soutient, son sang vers le bas, son cœur contre son dos, ses yeux reculant lentement à l'intérieur de son crâne, espérant que tout cela n'explose pas, priant discrètement le Gospodine que cela tienne, attendant que cela s'arrête ; alors, il sera léger au-dessus de la mer de la Tranquillité, il sera ailleurs, où personne ne l'atteindra, où personne ne pourra venir le chercher. Il redescendra de lui-même ; s'il le peut.

En regardant ce documentaire sur la conquête de l'espace je fus lancé, je fus projeté des dizaines d'années en arrière, au moment où j'avais moins de dix ans, et plus loin encore, dans une profondeur qui n'est pas entièrement constituée de temps. En regardant ce documentaire je retombai aussitôt dans mes terreurs enfantines, mais avec cette fois la joie d'enfin les comprendre. Je fus lancé, brusquement aspiré en arrière, plaqué sur mon fauteuil de spectateur de télévision, à nouveau dans cette ombre glauque immobile qui sentait le bois chaud.

L'été, j'allais seul chez mes grands-parents et je lisais ; je restais assis dans le plus grand silence que l'on puisse imaginer, et je lisais, des livres anciens qu'ils conservaient dans leur maison, toujours les mêmes, d'une autre nature que ceux que je pouvais trouver à l'école ou chez mes parents. Je lisais l'après-midi les volets clos. Je m'asseyais dans un grand fauteuil du salon, un fauteuil de velours au dossier plus haut que moi, aux accoudoirs montants qui se refermaient sur moi, et je lisais dans un grand silence vert d'eau. Mon grand-père travaillait, ma grand-mère vaquait à ses tâches, et je restais dans l'ombre immobile du salon, volets clos, rideaux de tulle tirés, bruits étouffés par le tapis, avec juste une barre de lumière droite, éblouissante si on la regardait bien, qui traversait toute la pièce et se brisait aux angles des meubles. Je bougeais si peu dans ce silence, réduit aux seuls mouvements de mes yeux, que la montre à mon poignet s'arrêtait d'elle-même.

Le soleil d'été frappait brutalement les volets. En s'approchant de la fenêtre on pouvait sentir l'odeur des huisseries peintes chauffées par la lumière excessive du dehors. Toute la maison dans l'ombre sentait le bois chaud, la cire, la poussière en suspension. Dans le fauteuil de velours refermé sur moi, je me contentais de lire.

En regardant ce documentaire à la télévision, bien plus tard, je découvris l'histoire des deux Italiens qui écoutaient l'espace. Avec une antenne qu'ils avaient fabriquée en soudant des tiges métalliques et qu'ils avaient posée sur le toit d'un immeuble de Turin, ils écoutaient l'espace et entendaient la nuit ce que disent les satellites. Avec une grille de fer posée sur le toit, ils entendaient ce que normalement on n'entend pas, ils entendirent ce qui était gardé secret, car il s'agissait de l'espace, de la guerre, des fusées que l'on envoyait, et des hommes étanches qui flottaient dans le grand silence autour du monde, vraiment seuls. Cela, avec la grille qu'ils avaient construite, ils l'entendaient.

Dans le salon d'été de mes grands-parents où je lisais sans que l'on me dérange, une terreur endormie respirait dans l'ombre verte qui emplissait les pièces. Je n'osais pas aller seul jusqu'à l'extrémité du salon ; encore moins au-delà. Je restais assis dans le fauteuil qui contenait mon corps et je lisais. Je lisais des recueils d'articles américains pour les enfants, reliés en un gros livre qui paraissait chaque année. On y trouvait des histoires surprenantes, que je ne lisais nulle part ailleurs, ni à l'école, ni chez mes parents, des histoires qui n'existaient qu'ici et que je retrouvais l'été, dans le salon vert sombre qui sentait le bois chauffé, dehors, par le soleil poussiéreux de la rue, et là je lisais dans un grand silence. Ces histoires m'attendaient dans leur livre refermé pendant l'année entière, elles attendaient que l'été je revienne, et chaque été elles vivaient de nouveau ; l'inquiétude qui en émanait, comme un parfum de vieux papier, j'en avais peur, et je l'aimais. Ces livres que je ne trouvais que là, je les relisais, j'y revenais, ils me racontaient ce qui vivait caché dans cette ombre trop calme qui sentait le bois chauffé. La montre à mon poignet au bout de quelques jours s'arrêtait.

Une des histoires les plus étranges que je trouvais

en ces livres, qui s'appelaient, croyais-je, «La digestion du lecteur», fut celle de la conquête de l'espace, racontée comme un roman mystérieux. J'y retrouvais ce que je connaissais déjà par d'autres lectures, von Braun, Gemini, Spoutnik, Gagarine et les premiers Apollo; et puis d'autres faits encore, l'horrible accident des astronautes brûlés dans leur capsule; et puis des détails menaçants dont je n'avais jamais entendu parler. Dans ce livre que j'ouvrais l'été chez mes grands-parents on parlait de fusées qui explosent avec des gens à l'intérieur, des cœurs qui s'affolent dans l'espace, des cœurs perdus dont on ne connaît pas le nom, les mots désespérés d'une femme qui s'éloigne de la Terre sans plus jamais attendre de secours. Je lisais dans ces livres la tragédie secrète du grand extérieur, dont je n'avais jamais entendu parler. Cela n'existait que chez mes grands-parents, l'été, dans un silence à nul autre pareil où je lisais seul. L'ombre autour de moi s'épaississait. Le soleil battait le volet, chauffait les huisseries peintes, aussi dangereux que les rayons cosmiques qui tout là-haut rongeaient les capsules. Je bougeais si peu en lisant dans l'ombre, qu'au bout de quelques jours d'été, la montre à mon poignet, qui se remontait par le mouvement, s'arrêtait.

Ensuite, ces détails je les ai oubliés, car jamais il n'était question de ces étés-là où j'étais seul, personne d'autre que moi ne les savait, et personne ne savait ce que je lisais, dans ce fauteuil, sans que personne vienne me déranger. Et j'y revins brusquement, j'y fus à nouveau projeté avec la puissance d'un moteur de fusée, en regardant ce documentaire à la télévision. Dans le programme il était question de deux Italiens qui écoutaient l'espace dans les années 50, et cela me rappelait quelque chose. Je m'assis et regardai. Et en regardant ce documentaire sur la conquête de l'espace, je fus violemment projeté dans cette ombre qui depuis toujours n'avait pas bougé, ne bougera pas, car ma montre s'était arrêtée.

Les deux Italiens avec leur grille avaient entendu ce que disaient les satellites. Puis ils avaient entendu aboyer Laïka, la chienne que l'on avait lancée dans l'espace, que l'on voulait endormir parce qu'elle ne pourrait rentrer, mais qui mourut étouffée par la chaleur. Ils avaient entendu des hommes parler en russe tout là-haut, en des moments où l'Union soviétique n'annonçait pas de vol. Ils entendirent une fois un cœur, qui s'affolait, et s'éloignait. Ils entendirent la voix d'une femme disant qu'on n'entendrait plus jamais parler d'elle, et sa voix s'effaçait dans l'espace immense où elle se perdait. Les deux frères installés sur le toit d'un immeuble de Turin entendaient l'écho de tous les drames de la conquête de l'espace, quand des gens étaient lancés très haut, seuls, et qu'ils ne pouvaient plus revenir, perdus dans le silence si grand où le temps même s'arrêtait. Ils se perdaient. Ils disparaissaient dans le vide, sans limites et sans mouvement, tant il est grand.

Tout me revenait en regardant ce documentaire à la télévision, ma terreur d'enfant en lisant ces histoires atroces, la qualité particulière de sous-entendu qui émanait de ces livres, que j'étais le seul à lire, et qui me laissaient entrevoir bien plus qu'ils ne disaient. Je les comprenais, maintenant. Ces histoires dont j'ignorais l'origine, c'était ça, juste ça, une réalité historique bien connue, l'histoire de deux frères qui écoutaient l'espace depuis les toits de Turin, avec une antenne qu'ils avaient construite en soudant des tiges de fer. Ils avaient écouté des gens dans l'espace, qui parlaient russe, et dont les battements de cœur s'affolaient, s'éloignaient, puis disparaissaient. C'était seulement ça.

Air du froid

Quand mes parents se furent séparés, mon père alla vivre dans l'endroit le plus froid que j'aie jamais connu. Il loua une chambre dans la cure d'un petit village, tout contre l'église, car le prêtre qui vivait là disposait de beaucoup de place. Il accueillait des gens de passage. La cure était si grande et si complexe, si mal éclairée, qu'il fallait suivre un fléchage blanc collé aux cloisons pour trouver sa chambre, et ensuite suivre d'autres flèches pour trouver la douche rudimentaire, et les toilettes situées en un autre endroit. Il ne chauffait qu'une pièce du rez-de-chaussée. Quand venait l'heure de dormir, il fallait sortir de la seule pièce chaude, et d'un pas hésitant s'enfoncer dans l'ombre et le froid, suivre les flèches blanches à peine visibles, avancer dans des couloirs dont on ne distinguait pas le plafond, franchir des portes, tourner à droite et à gauche, ne plus pouvoir se fier à soi, seulement aux flèches, et enfin trouver sa chambre où le lit attendait dans un oppressant silence de grotte. Je n'aurais pas été surpris d'entendre résonner l'écho régulier de gouttes d'eau. Il fallait se déshabiller, entrer dans le lit et dormir. Dans une maison humide, obscure, immense, le froid est une substance réelle dans laquelle on plonge à son corps défendant.

Les femmes, surtout les jolies femmes, quand il fait froid replient leurs épaules, prennent un air renfrogné et malheureux comme si quelque chose dans le froid menaçait de les battre. Elles marchent tête baissée pendant l'hiver, bras croisés contre leur poitrine, l'air plaintif ou mauvais en débouchant dans le froid, selon le tempérament de chacune. Du temps où il y avait des prostituées dans la rue, j'en vis une, une nuit d'hiver, chaussée de moon boots et adoptant ce renfermement d'épaules, la moue attristée, tout cela incompatible avec la bonne pratique de son métier. Passant devant elle je pensai à la prendre dans mes bras pour la réchauffer, seul geste qu'elle m'inspirait, mais elle n'était pas là pour ça. On comprend aisément cet air battu quand on doit se déshabiller et se mettre au lit ; quand il faut être un instant nu entre deux sortes de vêtements, dans une pièce si froide que le souffle fait de la buée, et que la buée gèle sur la face intérieure des vitres, cela se comprend.

On plonge dans le froid comme dans de l'eau prête à geler, sans recours, on survit à condition de ne pas bouger : à condition de faire le mort. Georges Hyvernaud le raconte, quand il est prisonnier dans un baraquement en Allemagne, et qu'ils essaient tous de dormir sous une fine couverture, serrés les uns contre les autres. Si l'on ne bouge vraiment pas, peu à peu l'air autour du corps se réchauffe. Mais au moindre mouvement, de soi ou de l'un de ceux à côté, cette couverture d'air se disperse, se déchire en molécules, et l'effet du froid revient ; il faut attendre en ne bougeant plus qu'autour de soi un peu d'air se réchauffe. Ce geste-là de bouger à peine est une agression. On en veut mortellement à celui qui bouge, mais aller le tuer refroidirait encore, alors on reste, remâchant sa rage, dormant encore moins. Le froid pourtant n'existe pas, il n'est rien, juste un manque de chaleur, un ralentissement des molécules, le fantôme de la vie absente, mais on le craint comme s'il allait nous battre.

Dans le lit profond de cette chambre si froide, j'essayais de ne pas bouger. Je tâchais de respirer le moins possible, d'oublier mon corps, d'en recouvrir les braises comme on le fait d'un feu pour qu'il reprenne au matin. Emmitouflé, sans pouvoir bouger, recouvert d'énormes couvertures dont je sentais le poids, je gardais les yeux ouverts. La fenêtre s'opacifiait de givre. Les heures sonnaient à la cloche, toute proche, car la cure jouxtait l'église. J'entendais le frottement des cordes, le son du bronze, le cliquetis du mécanisme, j'entendais les déclics avant que ne sonnent les coups. Je bougeais le moins possible, je vivais au plus bas, à peine ce qui était nécessaire pour ne pas m'éteindre. Je n'eus jamais si froid de toute ma vie, qu'en ces moments où j'allais dormir dans cette chambre que mon père louait à la cure, juste après que mes parents se furent séparés.

La photo des kilos

La mort attend dans l'obscur, elle est tapie dans le noir, elle a tout son temps. Elle est la seule pour qui le temps n'existe pas, elle revient toujours, identique à elle-même, elle revient toujours comme revient l'obscurité totale.

Et je la vis, la mort, obscurité dans l'obscurité, je la vis dans le bandeau noir qui entoure les photographies ; je la devinai, ombre dans l'ombre la plus noire, je la vis dans le négatif intact d'une photo de Robert Capa.

Sous ses gros sourcils transylvaniens il avait un regard capable de tout percer. Robert Capa photographia beaucoup la guerre. On lui achetait ses photos, il en vivait, mais aussi il aimait ça. Il disait à qui voulait l'entendre que lorsqu'une photo n'était pas bonne, c'est qu'elle n'avait pas été prise d'assez près. En Espagne il prit l'image d'un homme frappé d'une balle. Il captura l'instant où l'homme est frappé, son corps giflé par le choc, et pas encore tombé. Il prit l'image de gens en fuite dans les rues de Barcelone, visages levés pendant qu'ils courent, et on croit entendre les sirènes et voir sur leur visage le reflet des avions. Il prit l'image de deux miliciens de la République, pendant leur sieste côte à côte, l'un est un homme, l'autre une femme, leur fusil est posé à côté d'eux et ils se tiennent la main. Il prit l'image d'un soldat mort en Allemagne, étendu dans une flaque de son sang, qui brille comme une plaque de bakélite fondue.

Il vint en Normandie, le jour dit, il fut sur la plage ; mais le déluge de fer qui s'abattit autour de lui le terrorisa. Son appareil se cassa, et il retourna en rampant, courant, nageant, vers le bateau. Les quelques clichés qu'il prit, à peine reconnaissables car flous et abîmés par une malencontreuse erreur, sont les seules images qui existent de ce moment-là, de ce moment de pure terreur où la mort fut si libéralement distribuée à ceux qui venaient au petit matin sur une plage de Normandie. Le grain des images, leur flou, leur décadrage sont l'écho sur le papier de la grande boucherie où les entrailles des gens se mêlaient au sable.

Il mourut en Indochine. Il allait à pied dans les herbes avec une colonne de soldats. Les hommes marchaient en ordre dispersé, aux aguets, l'arme prête. Il marchait avec eux et prenait des photos de ce qui était devant lui. Il prit les hommes de dos, leur casque penché, leurs manches retroussées, le fusil en travers du corps. Des digues de terre séparaient les champs. Sur une digue plus large passait la route. Il prenait les photos un peu au hasard, à intervalles réguliers, cherchant à tâtons quelque chose qu'il n'aurait pas vu et que son appareil verrait, cherchant quelque chose qui exprimerait la peur de ces hommes qui marchaient en plein soleil, dans le silence des herbes, à la recherche de ceux qui les attendraient en silence, peut-être cachés derrière la digue, ou dans les herbes, pour les tuer. On a retrouvé son dernier rouleau, encore dans l'appareil au moment où il fut tué. On le développa, les photos se succèdent, toutes les mêmes, prises sous le même angle à quelques pas d'intervalle, les mêmes hommes vus de dos et qui marchent dans l'herbe, à chaque photo avancés un peu plus. La suite de photos fait comme un film silencieux, chaque image séparée de la suivante par la bande noire du négatif qui n'a pas vu la lumière.

La série s'interrompt, et le film est noir. On signale qu'il mourut à ce moment-là, qu'il sauta sur une mine posée sur la digue qu'il photographiait depuis un moment, s'en approchant mètre par mètre dans les hautes herbes, photogramme par photogramme, il réalisait sans le savoir le lent film de sa mort. Il photographiait le lieu de sa mort, il s'en approchait sans le savoir, et celui qui regarde les photos ne le sait pas, il ne comprend pas pourquoi elles sont toutes pareilles, s'approchent peu à peu, de rien, et puis plus rien. Alors il lit, celui qui regarde, et il apprend que la mort était là, tapie dans le noir.

Heureusement que toutes les photos ne sont pas si terribles, la plupart de celles que l'on prend sont anodines, bien éclairées et bien nettes, sans contre-jour ni soleil dans les yeux, et surtout on ne coupe pas les pieds car sinon on les croit ratées. Les gens s'arrêtent et sourient en attendant que l'on prenne leur image, ils regardent en face, ils posent. Mes photos sont ainsi. Anodines. Je les range dans des boîtes marquées de leurs dates, et j'ai posé les boîtes sur le dessus d'une armoire.

Un jour que je pensais à ma vie qui n'allait pas si bien, je me suis demandé ce que je faisais dix ans auparavant. Les nombres qui correspondent à notre corps ont des vertus particulières, et dix est le chiffre de deux mains tendues. Pour voir ce que je faisais dix ans auparavant, j'allai voir dans les boîtes où étaient rangées mes photos en papier. Sans elles je confondrais tout. Les traces dans l'esprit se mêlent comme des pas sur une plage. Je pensais à l'âge de mes enfants, j'enlevais dix, et retrouvais les jours où je marchais avec l'un endormi sur mon dos. Comment vivais-je il y a dix ans? Avec des enfants plus petits, avec moi différent?

J'ouvris les boîtes, je regardai les photos prises dix ans avant; et visiblement, je pesais dix kilos de plus. De cette graisse rayonnait une tristesse que l'on voyait sur la photo. Je me souvenais d'avoir pesé davantage. Je me souvins de ma sueur à chacun de mes gestes, à chaque degré supplémentaire pendant les étés, mais j'avais oublié — ou bien je n'avais jamais su – que j'avais ressemblé à un fromage au soleil, suintant de tristesse et de fatigue. Je me souvenais de cet épuisement qui ne me quittait pas, et que je prenais alors pour de la fatigue.

J'ouvris d'autres boîtes. Je vis des photos prises quinze ans auparavant, douze ans auparavant, onze ans auparavant. Sur aucune je ne retrouvais la graisse, ni la tristesse. Entre deux boîtes posées sur l'armoire j'avais pris dix kilos. Et je savais, comme on sait les dates, qu'entre ces deux boîtes successives, dans ce petit espace sans image entre les images, se tenait la mort de mon père.

C'était un dimanche, mon père mourait et je n'en savais rien. J'étais à une fête qui durait toute la journée et je n'y connaissais personne. Je fis des efforts mais tout ce que je tentais se retournait contre moi. Je parlai travail, mais on se moqua de mon enthousiasme un peu forcé. Je parlai littérature avec une femme qui écrivait, mais je ne pus expliquer ce que je cherchais, et je me moquais bien de ce qu'elle racontait ; chacun fut persuadé de l'imposture de l'autre, et nous ne parlâmes plus. J'évoquai les vacances avec un couple qui partait enfin, et quand j'eus demandé où, on m'envoya bouler comme si j'abordais un secret de famille. Alors je m'accoudai au grand balcon de bois et regardai la campagne. La rambarde sentait le vernis chauffé au soleil et un plateau d'herbages gonflés de sève s'étendait très loin, jusqu'à des montagnes bleutées, jusqu'aux Alpes, loin. Je restai là longtemps. Et au-delà du vert électrique qui couvrait les prés, au-delà des bois qui déployaient leurs feuilles, sous un soleil de printemps qui faisait vibrer les Alpes, un peu en contrebas, dans une vallée dont je ne devinais d'ici que le vide, mon père mourait seul dans sa chambre sans que personne le sache.

Je ne le savais pas. Je restais accoudé à ce balcon de bois qui sentait le vernis chauffé au soleil, face à l'étendue d'herbes qui filait jusqu'aux montagnes, parce que ce jour-là toutes mes tentatives de parler avaient échoué, lamentablement échoué, mystérieusement échoué. Derrière les baies vitrées on s'amusait sans moi, tandis que des Alpes filait vers moi — caché dans le blanc vif des nuages, dans le vert vif des prés semés de fleurs, dans la vive douceur du vent de printemps —, filait vers moi ce qui allait sans que je le sache gonfler mon corps d'une graisse triste dont je mettrais des années à me défaire.

Je ne voyais que le soleil de printemps dans un ciel de montagne, je ne savais rien de ce qui se passait, et en contrebas, dans cette vallée dont je ne voyais que le vide, mon père, que j'avais vu le matin même, mourait seul dans sa chambre, sans que personne le sache.

Au matin il allait bien, il offrait un cadeau à mon fils aîné, au seul qui se souvienne maintenant de l'avoir connu, et l'après-midi il mourait dans sa chambre sans que personne le sache.

Il n'existe aucune image ni aucun souvenir de cette mort qui advint dans sa chambre, sa mort est dans le bandeau noir, entre mon souvenir de l'avoir vu au matin porter un gâteau au chocolat surmonté de quatre bougies, et le souvenir de l'avoir vu quelques jours plus tard étendu sur le dos, jauni et déformé par les soins du thanatopracteur. Sa mort est dans le négatif qui n'a pas vu la lumière, dans le noir qui est entre les images et ensuite occupe toute la place. Le lendemain à son travail on s'inquiéta de son absence. Quand on perçoit le silence, quand on perçoit brusquement le sentiment de l'absence, on pense aussitôt avec un choc dans la poitrine : « Il est arrivé quelque chose.» Cela advint, il était mort, cela arriva à ce moment où, accoudé au balcon, je ressentais les premières atteintes de la fatigue qui ne devait pas me quitter de plusieurs années. Je ressentais, et c'était la première fois, une fatigue qui m'empêchait de parler, car ce que je disais n'intéressait plus personne, faisait se détourner au bout de quelques mots celui à qui je m'adressais. Ce que je pouvais dire fatiguait, et on s'éloignait de moi, et je m'enveloppait d'une graisse isolante qui ne se laissait pas traverser des sons, et je suintais de ce que je croyais être une sueur, mais était des larmes répandues par tout mon corps. De cela il n'est pas d'image, cela s'est envolé d'une vallée en contrebas dont je ne voyais que le vide, et cela vint à moi par de grands nuages blancs dans le ciel, cela franchit l'étendue d'herbe électrique que je contemplais sans raison, pendant des heures, parce que plus personne ne voulait me parler. La représentation de la mort flottait dans l'air bleu entre les nuages; elle attendait, puis elle vint. Ces kilos, depuis, je les ai perdus. Mais en refermant les boîtes où j'avais retrouvé leur souvenir, je me suis demandé où ils étaient passés.

Numéro fantôme

J'ai fait un rêve horrible où mon père m'appelait sur mon portable ; cela n'aurait rien que de banal si mon père n'était mort depuis quinze ans ; et cela, dans le rêve, je le savais. Il est mort avant que les portables ne se généralisent, il n'en eut jamais, il utilisa toujours un téléphone à fil, de ceux qui relient par un câble celui qui parle à celui qui l'écoute, de ceux qui permettraient en progressant le long du fil, du fil métallique de cuivre qui va sous la terre, d'aller embrasser celui à qui l'on parle sans jamais avoir lâché la ligne. Mais dans mon rêve, il me téléphonait sur mon portable, je voyais son nom apparaître sur l'écran au moment de l'appel, et ceci était une preuve de la réalité de ce que je rêvais. S'il avait utilisé la machine à fil, l'antique appareil qu'il avait connu et que maintenant on oublie, mon rêve aurait été un souvenir ; qu'il utilise dans mon rêve un objet qu'il ne pouvait connaître démontrait la réalité de mon rêve. Les personnages des rêves peuvent-ils faire ce qu'ils n'auraient pas fait dans la réalité ? Sûrement pas, me disais-je en mon rêve, sinon les rêves ne signifieraient rien. Je me tenais avec clarté ce raisonnement. Et mon père, des années après sa mort, m'appelait sur mon portable.

Je ne sais plus comment je sus que c'était lui, puisqu'il ne me dit rien ; son nom s'afficha sur l'écran, mais je ne me souviens plus s'il s'agissait de son nom, de sa fonction familiale, ou bien du mot *fantôme*. Je pensais à tout cela en même temps, en tenant dans ma main mon portable qui sonnait, et sur l'écran s'affichait son nom, et je savais que c'était lui. J'ouvris la communication et je n'entendis rien, des crissements, des chuintements, tous les bruits étranges d'un téléphone laissé à l'abandon, qui transmet le bruit de l'air du temps, le bruit d'un vide quantique agité de bulles ; j'écoutais, il m'avait appelé, je n'entendais rien.

Alors dans le vide poussé qui s'étend autour des téléphones portables, où seulement passent les ondes qui ne touchent rien, qui traversent les corps sans qu'ils le sachent, je parlai. Je m'entendis dire, d'une toute petite voix : « Tu es là, papa ? » Et dans le téléphone ouvert je n'entendais que le grésillement du vide. Je me réveillai et ce rêve me troubla pendant un jour entier, d'un trouble qui hésitait entre effroi et chagrin, j'y pensai tout le jour, minute après minute. Ce qui me troublait, ce n'était pas que l'appel provienne de la région des morts ; les morts en font bien d'autres. Ce qui me troubla un jour tout entier c'était le timbre de ma voix, ma voix presque effacée, infiniment fragile, au moment où je disais : « Tu es là, papa ? » Je ne me connaissais pas cette voix-là. Fait-on, en rêve, ce que l'on ne fait pas dans la réalité ?

Le poisson du canal

Nous allions rarement dans le Sud; y aller cette année-là suffit donc à ce que je m'en souvienne. Quand la voiture s'arrêta, quand le moteur fut coupé, je sentis l'odeur des pins, la chaleur vibrante, la sueur sur ma peau, et ces petits bruits dans les buissons qui produisaient tous ensemble un grand vacarme; comme si on avait entrepris de couper tous les arbres, tous les buissons, et la pierre, avec ces petites scies à peine dentées qui coupent le bout en verre des ampoules de médicament. «Ce sont les cigales», dit mon père. «Le Sud.» Il aimait ce bruit-là. Le Sud m'incommodait; il m'envahissait. Mes cuisses fondaient dans l'auto sur les sièges recouverts de skaï. Avant d'arriver nous avions traversé un canal rectiligne aux berges biseautées, rempli d'une eau turquoise qui semblait ne pas couler, qui se contentait de montrer sa couleur bleue. Cela n'avait rien d'une rivière, ce n'était que géométrie, cela avait la vraie couleur des eaux du Sud selon les photographies des magazines. Je crus en traversant ce canal voir l'eau idéale dont j'avais entendu parler, et je fus effrayé qu'elle soit immobile.

J'avais entrevu sur la route le musée du Pornographe.

J'avais sursauté avec retard, il était déjà passé, nous roulions vite. Les mots m'apparurent un par un comme si je les épelais : musée du Pornographe. Je me retournai vivement, il était passé, je me souviens d'une cabane devant un parking poussiéreux, avec une enseigne qui disait clairement : musée du Pornographe. La voiture roulait vite, nous allions vers le Sud, je transpirais déjà.

Nous restâmes une semaine, qui est l'unité de compte des vacances, dans une maison très vaste où nous accueillaient des amis, une maison ancienne à recoins, à escaliers sombres, à fenêtres étroites, nichée dans un parc où de très vieux arbres lui faisaient de l'ombre. Les parquets étaient de bois foncé, les tapisseries usées, et tout ce qui avait été peint prenait une teinte pastel proche de l'effacement.

On nous avait attribué des chambres ; dans la mienne je dormais mal, la chaleur pesait partout et la scie des insectes, dans les arbres, la découpait en échardes désagréables qui s'enfonçaient dans ma peau.

La salle de bains de l'étage occupait une pièce haute de plafond, carrelée et peinte des mêmes couleurs fanées que le reste de la maison. On y pénétrait par deux portes face à face ; la chambre où dormaient mes parents se trouvait de l'autre côté. La baignoire, en fonte émaillée de blanc, reposait sur des pieds de lion, elle semblait debout à attendre, dans la grande pièce qui ne ressemblait pas à une salle de bains. À l'opposé de la bonde, là où stagnait un peu d'eau après usage, là où se posent les fesses quand on s'assoit, l'émail blanc s'était terni, écaillé, et laissait voir le métal rugueux qui était dessous.

En poussant la porte de ma chambre, je vis pour la

première et seule fois de ma vie mon père nu, debout dans la baignoire. J'étais sur le seuil, il cria, je me retirai aussitôt. Il se tenait un peu voûté, il tenait ce que l'on appelle — je crois — la pomme de douche à la main, les épaules fermées pour ne pas éclabousser, la poitrine creuse, son ombre agrandie sur le mur derrière lui d'un jaune éteint. Je vis son ventre que je crus flasque, et ceci que je n'avais jamais vu, que je ne pus détailler car cela ne ressemblait à rien de ce que je connaissais. Derrière la porte refermée, je conçus une grande joie et une grande terreur dont je ne savais pas la cause.

Mon père pestait; il sortit rhabillé et il était furieux. Tout le reste du séjour se passa dans la suspicion. On fermait les portes, on annonçait clairement aller dans la salle de bains, on me répétait à tous moments de ne pas ouvrir inconsidérément, on me le répétait chaque fois que je me levais sans prévenir. Cette agitation me troublait. Je rêvais comme d'un jeu de surprendre à nouveau quelqu'un dans la baignoire à pieds de lion, je le souhaitais comme l'on souhaite compléter une série, une collection d'images de chacun dans une baignoire de fonte, un peu usée, son métal brut apparent là où l'eau stagnait après usage.

À l'heure de mon propre bain on me laissa en grommelant. On me fit entendre que l'on n'entrerait pas; même si on le pouvait par chacune des deux portes, on ne le ferait pas. Lorsque je m'installai à mon tour, seul dans la grande pièce haute où m'attendait la baignoire à pieds de lion, lorsque j'ouvris le robinet par ses poignées qui étaient en croix, l'une marquée de rouge, l'autre marquée de bleu, il coula de l'eau ; et avec l'eau un petit poisson argenté qui frétilla dans le jet en tombant jusqu'à la bonde, où il disparut. Je ne le vis qu'un instant. J'étais sûr qu'il venait de l'eau étrange du canal. Ce tuyau qui alimentait la baignoire devait s'ouvrir dans le canal, et des poissons pouvaient s'y glisser.

À la fin de la semaine de vacances, je vécus le retour comme un soulagement ; le Sud m'indisposait. Sa chaleur et son bruit m'envahissaient. Mon père regretta la canicule car il aimait la chaleur, ma mère la lumière car elle aimait admirer, et sur le chemin du retour j'ouvris toutes grandes les fenêtres à l'arrière pour sentir au mieux l'air frais de la vitesse. Tête par la fenêtre, je respirais ; je guettais aussi la réapparition du musée au bord de la route. Je n'en verrais rien, je le savais bien, mais je guettais le cœur battant, pour m'assurer qu'il existait, qu'il était bien établi sur la route du Sud où nous n'allions jamais. Nous passâmes encore devant, très vite, et je ne vis encore rien. J'aperçus, rendus flous par la vitesse car nous ne faisions que passer, la cabane, le parking poussiéreux, la grande enseigne que je ne parvenais pas à lire mais que je devinais. Il y était écrit : musée du Pornographe, et les mots me parvenaient en retard, un par un comme si je les avais épelés, bien après que nous les avions dépassés, car la voiture allait vite. Cela existait, au bord d'une route que nous ne prenions jamais.

J'étais incrédule, tout de même, surtout parce qu'il s'agissait d'une toute petite baraque au bord d'une route. Je ne parvenais pas à y croire, que cela soit si petit, que cela suffise ; mais je l'avais pourtant vue, juste un instant car nous allions vite. Je finis par identifier les lettres, une par une, je finis par les remettre dans l'ordre. Il s'agissait d'un musée du phonographe.

La grotte ornée

Nous visitâmes une grotte ornée, où il fallait descendre longtemps par des marches de béton coulé par-dessus la roche. Cette grotte étroite on l'ouvrait aux touristes, ils pouvaient s'y rendre par groupes comptés, et il leur fallait descendre les marches vers l'obscur, vingt personnes qui ne se connaissaient pas, par cet escalier de béton raide entre les stalagmites qui brillaient d'eau glacée, et cela descendait on ne sait où. De petits spots cachés derrière les pierres éclairaient les traces sur les parois, une argile humide recouvrait le sol où il ne fallait pas aller, l'air chaud du dehors fut vite remplacé par une humidité froide, minérale, dans laquelle les effluves animaux n'avaient aucune part, dans laquelle nous nous enfonçâmes comme dans une eau.

Il fait froid dans les grottes, humide et toujours douze degrés, l'air ne bouge pas, personne ne le respire jamais, il n'est pas renouvelé et stagne comme une glace impalpable, à travers laquelle on pourrait marcher. Nous descendîmes dans la grotte ornée en groupe de vingt personnes qui ne se connaissaient pas, nous descendîmes par l'escalier étroit, très raide, que l'on avait posé entre les stalagmites. Nous nous arrêtions de temps à autre, et le guide désignait avec le faisceau de sa lampe les traces sur les parois de la grotte. Des spots dissimulés éclairaient nos pieds, mais le haut des parois restait dans l'ombre, et l'on ne voyait pas les traces peintes qu'avaient laissées les hommes. Le guide les éclairait du faisceau étroit de sa lampe et apparaissaient alors les bisons de profil, les chevaux en groupes, les mammouths dont on reconnaissait la bosse et le poil. Ils étaient peints avec du charbon et de la terre sur le calcaire gris, et recouverts de calcite où ruisselait de l'eau froide, une roche cristalline qui les protégeait comme une vitre.

La lumière s'éteignit brusquement et nous fûmes dans un noir parfait. Aucune lumière ne pouvait pénétrer dans la grotte située très loin en dessous du sol. Le guide nous dit de ne pas bouger. Les stalagmites étaient fragiles, le sol d'argile meuble, nous pouvions glisser et tomber beaucoup plus bas, sans savoir où, et abîmer des concrétions qu'il fallait dix mille ans pour dresser. Nous devions rester sur l'escalier de béton. Nous ne bougions pas. «La lumière va revenir», dit-il, et sa voix portait très bien dans le noir. Il éteignit sa lampe. Le faisceau trop étroit ne servait à rien pour nous rassurer; alors il l'économisait.

Nous étions vingt, chiffre exact, serrés sur un escalier de béton dans la grotte ornée, dans un noir absolu, sans nous connaître. Certains chuchotaient, d'autres gloussaient, on entendait des froissements de tissu dans le noir, nous attendions. Puisque nous ne bougions pas l'air autour de nous se réchauffait. La femme devant moi, dont j'avais remarqué les longs cheveux sans en voir le visage, se tenait sur la marche inférieure; j'aurais pu en avançant les lèvres embrasser le haut de sa nuque. Dans le noir absolu de la grotte ornée je sentis l'odeur de sa chevelure m'entourer. Je sentis l'odeur de sa peau, la légère sueur, l'odeur animale des cheveux qui ne se dégage que si on les secoue, ou si on s'en approche jusqu'à y enfouir le visage. Dans l'immobilité où nous étions, attendant la lumière sur l'escalier de béton qu'il ne fallait pas quitter, l'odeur venait à moi, se répandait dans l'air autour de moi, s'épanouissait comme une goutte d'encre dans un verre d'eau. Je n'avais jamais senti aussi fort, aussi longtemps, sans bouger ni le toucher, l'odeur de quelqu'un.

La lumière se ralluma, nous émîmes en chœur un soupir amusé et nous continuâmes la visite. Ses cheveux noirs allaient sur ses épaules, à chacun de leurs mouvements ils coulaient comme un fluide, et me parvenait un peu de leur odeur. J'eus le cœur battant pendant toute la visite de la grotte ornée. Quand le guide désignait de sa torche les peintures du plafond, elle levait la tête, et je suivais le glissement de ses cheveux sur ses épaules. Je restais toujours sur la marche derrière elle, une marche plus haut, et mes lèvres auraient pu en avançant un peu embrasser sa tête. Quand nous revînmes en plein soleil, à la surface agitée de vent, le groupe de hasard que nous étions, simples visiteurs, se dispersa dans un brouhaha de commentaires et de clés de voiture. Je la regardai s'éloigner, je suivais le frémissement de sa chevelure, j'en percevais de loin l'odeur. Il me semblait avoir le visage taché d'encre, ma peau imprégnée de son parfum qui s'était répandu dans la grotte. Mais au soleil, de cette encre invisible, on ne voyait rien.

Le mari de Fatou

«Nous sommes tous semblables, c'est sûr. Nous sommes tous semblables», disait le mari de Fatou dans un soupir. «Mais ça ne suffit pas de le savoir — car nous le savons tous, sauf les imbéciles, et ce n'est pas faute de le leur avoir dit –, encore faut-il le croire. Tous nos réflexes conspirent à nous persuader qu'à la moindre différence nous sommes différents, et de façon irrémédiable, et que nous ne pourrons jamais nous rapprocher.»

Il leva son verre, examina en transparence l'alcool blanc qu'il contenait, et but quelques gorgées, soupir après soupir.

Il habitait une de ces maisons en équilibre, accrochées à la falaise molassique qui surplombe la vieille ville. Ces maisons sont rares, retapées par leurs propriétaires, qui descendirent les gravats dans des seaux et montèrent le ciment sac après sac par des escaliers en colimaçon. De la terrasse on voit la ville en bas, et nous avions dîné au-dessus du quadrillage des lumières, éclairés nous-mêmes de bougies dont les flammes vacillaient. Nous — les hommes — buvions en regardant en bas, parlant doucement, et les femmes un peu plus loin parlaient entre elles, d'une façon plus vive et enjouée.

«Vous avez remarqué combien elle est noire?» continua le mari de Fatou. On ne pouvait pas le nier, la couleur de Fatou était noire, du noir parfait d'Afrique de l'Ouest. Et si la flamme des bougies se reflétait en rouge, orange, rose, sur la peau des autres femmes, sur la sienne la lumière était absorbée, et ensuite son corps rayonnait d'une énergie veloutée, dont les longueurs d'onde étaient invisibles à nos yeux mais auxquelles notre peau était sensible. Je me souvins d'un fragment de physique fondamentale où il est question d'un corps noir qui rayonne selon l'énergie qu'il contient. C'est un objet idéal paraît-il, une fiction physique qui permet de mesurer de loin la température des étoiles à partir de leur couleur. Mais j'en avais une image si confuse, de cette loi qui permet de comprendre les étoiles, que j'aurais été incapable, en ayant bu cet alcool beaucoup trop fort, de l'expliquer aux autres. Fatou, simplement, dans la nuit éclairée de bougies, semblait faite du bois ciré des statues que l'on place dans la forêt.

«Nous sommes semblables, dit le mari de Fatou, mais regardez! Je ne m'y habitue pas. Avant de la connaître, j'ai vécu comme vous avec des peaux comme la mienne, des peaux toujours blanches, que l'on touche comme sa propre peau sans y prendre garde. La peau normale était celle-ci, puisque tout le monde autour de moi l'avait. La couleur bien sûr n'est rien, n'a qu'une importance sociale assez malsaine, mais à voir la sienne chaque jour, et en être chaque jour étonné, cela m'empêche de toucher ma femme sans y prendre garde. Je m'approche d'elle avec un tremblement sacré, je ne m'habitue jamais à la prendre dans mes bras, je la vois toujours.»

Le rire de Fatou l'interrompit par hasard juste à ce moment-là. Elle n'avait pas entendu ce que nous disions, mais les femmes devaient parler de la même chose, à leur façon.

«Il m'appelle ma belle sculpture», dit-elle en riant tout fort.

Dans l'ombre, le mari de Fatou eut un sourire. «C'est vrai», murmura-t-il.

«Et cela ne vous gêne pas qu'il vous appelle *sculpture*? Vous n'êtes tout de même pas… de l'art nègre.

— Vous savez, il est sculpteur. Il fait avec ses mains les plus belles choses du monde. Alors quand il m'appelle sa sculpture, c'est le compliment le plus amoureux qu'il puisse me faire, et je le crois. Il me dit que je suis sa statue jamais finie, et qu'il ne m'approche jamais avec indifférence.

— Mais vous n'êtes pas votre peau…

— Ma peau? Si. Pas vous? C'est par là que l'on me touche et que l'on me voit.

— Enfin, je veux dire votre couleur. Votre couleur ce n'est pas vous.

— Ma couleur est un bijou, qu'il aime que je porte. Un bijou auquel il est sensible, et qui lui rappelle chaque jour que je suis quelqu'un d'autre. C'est bien, d'être deux. Il n'y a jamais eu entre nous aucune confusion, et j'adore ce manque de ressemblance.»

Les flammes des bougies grandirent en se tortillant et s'éteignirent une à une, avec une chaude odeur de braise qui se mêlait au parfum des acacias en fleur qui montait des pentes. Nous partîmes tous, les laissant là, ils nous accompagnèrent jusqu'à la porte et nous saluèrent à mi-voix, l'un contre l'autre, son bras à lui autour de son épaule noire, et son sourire à elle tout contre sa joue blanche.

Nous vîmes leurs deux silhouettes se détacher sur leur porte éclairée, jusqu'à tourner au coin de la rue. Nous titubions un peu, en redescendant deux par deux vers la vieille ville, et les cloches sonnaient autour de nous une heure avancée de la nuit.

Tyrannie du rêve

Il m'arriva quelque chose que je ne peux pas comprendre : je rêvai une nuit avec un désir intense d'une femme de mon entourage ; mais le jour, je ne la désirais pas. Avant le rêve je n'avais jamais pensé la désirer ; après le rêve, ma position ne changeait en rien : je ne la désirais pas. Elle m'indifférait.

Mais pendant mon rêve, ce fut bien autre chose : je dormais et j'étais vivant, elle était installée au plus profond de mon être, elle me touchait au plus intime de moi-même, cela agissait sur mon corps, cela allait au profond de mon cœur ; la voir en mon rêve m'emportait. Je ne sais pas où.

Mais au réveil rien n'avait changé ; elle était agaçante. Dans notre groupe d'amis elle brillait sans relâche, elle rayonnait d'une intelligence ironique, implacable, dont jamais elle ne nous faisait grâce ; elle virevoltait, elle ferraillait avec tous, elle taquinait chacun pour le plaisir ; elle aimait jouer d'une séduction sans sérieux, qui tournait toujours aux dépens de celui qui se croyait séduit. L'immobilisme l'ennuyait. Chacun dans notre groupe d'amis se défendait d'elle comme il pouvait.

Alors au réveil je me demandai aussitôt : que m'arrive-t-il ? Pourquoi dans l'inconscience de la nuit désirais-je une femme que le jour je ne pensais pas effleurer ?

Dans ce rêve, elle brillait ; et je brillais en retour. La nuit où je rêvai d'elle en fut tout illuminée. Elle était flamme dansante et se reflétait sur moi, elle était petite flamme qui me sauvait enfin de ma grande obscurité, et je distinguais en moi des formes. Je ne comprenais pas ce que je rêvais, mais cela eut lieu, et me lia indéfectiblement à elle, sans que le jour je la désire davantage.

Je pris soin d'elle. Quand en son absence elle était l'objet de vives critiques, souvent, j'en adoucissais les termes, j'émoussais les piques, je louais sa vivacité, et la générosité de son ironie. On s'étonnait. Nous étions si différents, si peu faits pour nous entendre, nous entretenions si peu de liens, que l'on trouvait étrange que j'aie pour elle tant de sollicitude. Et je n'essayais pas de m'approcher d'elle. Je m'assurais simplement, du coin de l'œil, qu'elle allait bien. Je la traitais comme une amie, sans jamais lui parler, ni jamais la désirer.

Je ne cherchais pas à comprendre. J'honorais la mémoire du rêve, sans lui demander d'explications.

Les alarmes

La connaître débrancha les alarmes de mon corps. Je l'embrassais, cela suffisait pour tout.

Heureux étais-je quand je l'aimais! d'en oublier ainsi le temps, d'ignorer la faim, et de ne rien faire d'autre, jour et nuit, que l'embrasser. Avec elle, l'embrasser suffisait à tous les besoins de mon corps, à l'embrasser j'en oubliais le repas et le sommeil. On peut lire que l'amour a de tels effets, on le dit comme un ornement de l'amour, on dit aimer à en perdre l'appétit et le sommeil, mais je n'orne pas un beau discours : je ne fais que signaler, signaler ce que je faisais avec elle, ou plutôt ce que je ne faisais plus.

Il me fallait, avant de la connaître, manger chaque jour un nombre de fois fixé par l'habitude, à des heures que je connaissais par avance, et dormir à heures fixes le nombre d'heures dont je savais avoir besoin. Il est étrange que nous devions chaque jour manger, et dormir chaque nuit. Elle est étrange cette machine que nous sommes, qui nous oblige à des pauses, qui nous oblige à de régulières recharges pour ne pas tomber. Mais justement je tombai ; auprès d'elle, toutes contraintes disparues, je ne mangeais plus ni ne dormais.

Pourtant, mon corps savait les heures. À une brusque torsion de mon estomac je le savais vide, et je le savais juste avant que sonnent un certain nombre de coups à la cloche qui marque le temps. Quand me venait un bâillement profond, il précédait de quelques minutes un certain nombre de coups de cloche, et je désirais dormir. Je me demande pourquoi en mon corps des alarmes aussi précises ont été installées. Le reste du temps, je ne ressens rien, aucune fatigue ni aucune faim, et brusquement les besoins m'apparaissent comme des douleurs vives, la torsion du ventre, le décrochement de la bouche, alors qu'avant je ne sentais rien, et l'heure sonne, toujours la même. Je dois sans attendre manger et dormir. Je prépare mon repas et mon lit à heures fixes, et quand vient l'heure, je mange et je dors, je ne souffre pas. Ainsi mes journées vont sans douleur.

Comment mon corps peut-il ainsi savoir les heures ? Des alarmes préréglées sonnaient en moi, aussi précises que des cloches d'église. À l'heure dite, un battant de bronze frappait le bronze, et il fallait que je mange, que je dorme. J'appris avec elle à ne plus me soucier de mes alarmes. J'appris avec elle à ne plus les entendre, j'appris à les entendre et à m'en foutre, j'appris à avoir faim et sommeil avec le sourire, et à l'embrasser encore. De la connaître et l'embrasser débranchait les alarmes de mon corps. Je l'embrassais, cela suffisait pour tout, je passais mes jours et mes nuits à l'aimer, la caresser, à l'embrasser, je sentais une vague faim, une vague fatigue, mais sans intérêt ni douleur, j'en oubliais le manger, le dormir, l'embrasser pourvoyait à tout, et l'horloge réglée en mon corps ne sonnait plus. La connaître et l'embrasser m'apprirent à me foutre des heures, et à foutre en elle en lieu et place d'obéir aux sonneries de mon corps. Elle fut mon sommeil, mon lit, mon festin, l'embrasser fut toute l'étendue de mes besoins, et je n'entendais plus le cliquetis des horloges installées au plus profond de moi.

Mais comment mon corps fait-il pour percevoir aussi bien le temps ? J'avais faim à heures fixes, et sommeil toujours à la même heure, si précisément que mon entourage en riait, ils pouvaient avec moi régler leur montre. Pourquoi l'affamement et l'ensommeillement, qui devraient être progressifs dans un corps qui agit et peu à peu s'épuise, étaient-ils chez moi si brutaux ? Pourquoi, après n'en avoir rien senti de tout le jour, le sommeil et la faim se déclaraient-ils à heures fixes comme un cri ? Ai-je à ce point été dépourvu de tout, que mon corps s'organise ainsi pour ne pas souffrir ? rassemblant en silence ses besoins pour me les montrer une seule fois, à heures fixes, à un moment où je sais pouvoir les satisfaire ? Mais de quoi ai-je manqué ? Des alarmes furent réglées dans mon corps, pour m'indiquer les moments où je devais manger et dormir ; et ainsi passer le reste du jour sans penser à ce qui me manque.

De ce manque que j'ignore, il ne reste que cela : des horloges qui palpitent au plus profond de moi, et qui sonnent comme des cloches d'église à heures fixes, par un bâillement épuisant, par une faim térébrante, si précisément que mon entourage en sourit, que j'en ris moi-même, car je peux, pour moi-même et pour les autres, par mes bâillements donner l'heure. Mais cela n'a pas d'importance, je n'en souffre pas, il suffit que je mange et que je dorme.

Je ne sais pas de quoi j'ai pu manquer pour qu'à mon insu mon corps perçoive aussi bien le temps. Mais quand je la connus, je ne le perçus plus, je ne sentais plus appétit ni sommeil. L'embrasser suffisait pour tout. Elle était mon temps, ma durée, je n'avais plus besoin d'alarmes.

Quand nous nous quittâmes, quand je cessai de l'embrasser, tout revint. Mes alarmes fonctionnèrent de nouveau, avec encore plus de précision. J'ignore quelle douleur il me faut cacher pour posséder ainsi au profond de mon corps des appareils aussi parfaits. Quand nous nous quittâmes et que je ne l'embrassai plus, les alarmes furent rebranchées, les horloges cliquetèrent, et la cloche de bronze sonna de nouveau à heures fixes, pour que je mange et que je dorme. Je ne souffre pas.

Ce qui reste

Place Rouville, qui domine la Saône, est l'un des lieux
— pas le seul — où l'on comprend que Lyon ressemble
à la ville inconnue qui s'étend derrière le Christ. Dans le
tableau de Jan Van Eyck, une ville que jamais personne
ne sut nommer apparaît derrière le Christ enfant comme
son manteau de gloire ; elle semble vraie pourtant, elle
semble construite, elle semble habitée, et je reste longtemps, devant les reproductions que l'on trouve dans les
livres, ou en vrai, au Louvre, où elle se trouve, à en suivre
les rues, à en compter les personnages plus petits qu'un
grain de moutarde ; je passe du temps sur la petite place
sur la gauche, sous l'arbre, et je suis le chemin de terre
qui s'en va, qui monte, derrière le cavalier tout seul qui
la quitte, la ville que personne ne sut jamais reconnaître.
Le chancelier Rolin agenouillé ne dit rien, le Christ
enfant ne parle pas, il se contente de sourire et de lever
sa petite main, la ville derrière lui n'a pas de nom. Son
doigt d'enfant désigne un pont, qui traverse le fleuve, le
fleuve s'en va au loin, il se perd dans le bleuté des lointains que Jan Van Eyck savait reproduire, par applica-
tions répétées de peinture à l'huile, son invention.

Ce qui me reste d'elle ne peut être tenu dans les bras. Ce qui me reste d'elle, maintenant que je ne la vois plus, plus jamais, ce sont deux phrases mal construites qui ne remplissent pas leur rôle, un goût inexplicable pour un tableau ancien, et une flèche lumineuse que l'on peut voir chaque nuit, que tous peuvent voir, toutes les nuits, sur la colline de la Croix-Rousse, mais dont moi seul connais la direction qu'elle indique.

Je montais la voir jusqu'à la Croix-Rousse, qui est une colline qui domine la Saône. Place Rouville est le lieu — pas le seul — où l'on comprend que cette ville qui s'étend derrière le Christ pourrait être Lyon. L'été en montant vers elle je vis la Saône tout en bas devenue bleue, élargie entre les façades éblouissantes, la Saône vue d'en haut brillante comme la surface de la mer. Assis dans le bus, place Rouville, je vis par la vitre *la Saône large et brillante comme un bras de mer.* Cette vision-là dura peu, le bus passait et tourna plus loin, mais la phrase — à peine une phrase — se conserva. Je la gardai en moi comme une image vraie, éclatante de beauté, et j'aurais voulu écrire un roman autour d'elle, comme un écrin pour la mettre en valeur, cette phrase à peine commencée, à peine prononcée, qui disait toute l'exaltation de monter vers elle en plein été, et de reconnaître enfin Lyon comme la ville qui s'étend derrière le Christ.

Maintenant que je ne la vois plus j'habite au bord de la Saône, et cette phrase — à peine une phrase et je l'avais conservée — a été pour une grande part dans mon désir d'habiter là. Je vois la Saône chaque jour mais elle ne ressemble pas à ce que je vis place Rouville un jour d'été en montant vers elle. Je la vois de trop près peut-être; trop souvent; par la fenêtre je la vois chaque jour et elle ne prend jamais cette couleur que je lui vis ce jour-là, d'en haut, un jour d'été place Rouville où l'on peut croire que Lyon est la ville qui s'étend derrière le Christ. Sous ma fenêtre la Saône prend des nuances de vert, de brun, d'un vert éclatant durant l'été comme un bouillon de légumes traversé de lumière; jamais plus je ne sentis cette sensation d'envol dans des reflets bleus, devant une ligne de façades éblouissantes. J'habite trop près de la rivière, le bras de mer s'est refermé.

Il y eut une autre phrase — à peine une phrase — que je rêvai aussi d'installer au cœur d'un roman, comme on installe une grosse pierre au cœur d'un jardin; le roman n'était pas écrit, j'en ignorais le sujet, le déroulement, les péripéties, mais il aurait pu se développer de lui-même autour de cette pierre que j'aurais déposée au milieu du jardin. Ce roman je ne l'écrivis pas, cette phrase — à peine une phrase — je la gardai vingt ans sans l'associer à aucune autre, la retournant dans ma main comme un caillou trouvé sur la rive, rêvant du jardin pas encore planté dont il serait l'ombilic.

Je voulus il y a vingt ans utiliser cette phrase : *Il y a à la Croix-Rousse des rues qui débouchent sur le ciel,* phrase qui me vint en marchant l'été, sur la colline abrupte, entre les immeubles très hauts qui sont sur la Croix-Rousse, dans les rues étroites qui faisaient de l'ombre, phrase qui me paraissait extatique car elle était la trace d'une expérience spirituelle et physique qu'il fallait que je dise. J'allais vers elle encore, qui vivait dans ces rues-là, et en m'approchant d'elle qui m'attirait tant, tout pouvait advenir.

Mais de cette phrase – à peine une phrase, et ne débouchant sur aucune autre — jamais je ne fis autre chose que la retourner comme un caillou dans ma paume. La faute en est peut-être à sa forme rudimentaire, le «il y a» qui la commence pèse comme un socle qui ne mène à rien, qui ne la projette vers rien; cette phrase, à peine une phrase, se suffisait à elle-même et ne suffisait pas.

Mais la réalité que je voulais dire était extatique. Elle aurait mérité un roman pour être dite; et je n'en possédais qu'une phrase, pas même la première, rien qu'une chute, rien qu'un copeau tombé d'un objet que je ne construisis jamais, et je la gardai pendant vingt ans au creux de ma main. Je marchais en plein été, dans les rues en pente de la Croix-Rousse, entre les murs noirs d'immeubles très hauts qui se rejoignent presque en leur sommet, et il ne reste entre eux plus qu'un étroit rail de ciel bleu; je gravissais la pente, l'été, sans relever la tête, car on ne voit quasiment rien du ciel, je bouillonnais de fureur érotique, et brusquement du fait de la pente, la rue s'interrompait à son extrémité, tranchée net, et elle débouchait sur le ciel. Les rues de la Croix-Rousse débouchaient sur le ciel, et dans l'été écrasant de chaleur, dans ces rues sombres qui donnaient sur le bleu, sans lever la tête, je montais vers elle.

Elle habitait sur la colline; je suivais la rivière, je montais vers elle; et par l'illusion d'un méandre, la Saône formait une allée bordée d'arbres qui menait en son château; la colline de la Croix-Rousse s'élevait au bout de la rivière, couverte d'immeubles, je la voyais avant de la gravir, je la voyais s'approcher à mesure de mes pas, et le clocher d'une église plantée sur son flanc me montrait de sa flèche la direction à suivre : plus haut. Sur le tableau de Jan Van Eyck, on ne voit pas cette indication, on ne peut voir le chemin, car déjà on est arrivé ; le chemin vient des lointains jusqu'au premier plan, jusqu'au spectateur peut-être, et un mur empêche de le voir, un mur par-dessus lequel se penche un personnage vu de dos qui pourrait être le peintre. Il regarde ; je montais.

Bien plus tard, alors que je ne la voyais plus, on éclaira toutes les nuits ce clocher par des projecteurs de couleur verte. Toutes les nuits cette église entre les immeubles noirs est une flèche verte dirigée vers elle, elle m'indique chaque nuit la direction à suivre, vers là où maintenant elle n'habite plus. J'habite au bord de la Saône, je vois la Croix-Rousse couverte d'immeubles, et chaque nuit, sur le flanc de la colline qui me surplombe, s'allume la direction du souvenir, et il ne sert de rien de la suivre.

D'elle il ne me reste que cela : des phrases mal faites dont je ne fis rien, un attachement vague à un tableau ancien, et une flèche verte pointée vers le haut, dont je suis seul à savoir de quel ciel il s'agit.

Mais lorsqu'on regarde le tableau de Jan Van Eyck, on est arrivé. On est dans la pièce tout en haut, ouverte sur le dehors par des arcades, avec le chancelier Rolin qui ne dit pas un mot, et le Christ enfant qui ne dit rien, qui sourit, qui lève simplement le doigt et son doigt désigne un pont, derrière, en bas, au-dessus du fleuve qui disparaît dans le bleu des lointains. On est arrivé ; je scrute ce tableau avec la plus grande attention chaque fois que j'en ai l'occasion. Il me déchire tout autant qu'il m'apaise. J'aimerais tant être là. J'aimerais tant.

Rites du sommeil

J'avais des rites. Je ne pouvais m'endormir qu'entièrement recouvert ; je ne dormais que recouvert jusque
par-dessus la tête d'un drap sans coutures ; il ne fallait
pas non plus que le drap fasse le moindre pli, ni que mes
pieds en dépassent : il fallait qu'autour de mes pieds le
drap tienne fermement.

C'est dire si je comprends bien les rituels de la mort
des Indiens de la côte du Pérou. Leurs morts, ils les
emmaillotaient d'un grand drap sans coutures, un drap
normal quant à sa longueur d'homme, mais de plusieurs centaines de mètres de large, et ils l'enroulaient
autour du corps en prenant soin de ne faire aucun pli, ils
enroulaient le corps dans ce drap immense, et le cadavre
emmailloté ils le plaçaient dans un cabanon de pierre
pas beaucoup plus grand que ce corps emballé, et dans
le climat très sec du désert du Pérou il restait sans s'abîmer pendant des siècles, sans bouger. Tel était peut-être
le but des Indiens : qu'il ne bouge pas ; cela les rassurait
à propos du mort.

J'avais des rites qui me permettaient de dormir, un
certain arrangement du linge qui permettait seul que je

m'endorme. Une nuit — et ce fut la première fois —, mon pied dépassa du drap, il sortit à l'air libre, il effleura le bord du matelas, il dépassa dans le vide; et cette nuit-là je ne pus que somnoler sans vraiment dormir, je m'agitai dans un cauchemar, je me voyais trop grand dépasser de mon lit, mes deux pieds nus hors du drap, dans le vide, et le lit était posé sur le palier, en dehors de ma maison, et j'en voyais du dehors la porte fermée.

Je comprends bien les rites des Indiens de la côte du Pérou, car je sais que si les morts ne sont pas emmaillotés selon les règles, ils ne reposent pas. Heureusement, quand le grand drap sans coutures est fini d'enrouler, quand le rite est accompli, quand le cabanon de pierre est fermé, on est tranquille pour plusieurs siècles car on sait que les morts ne grandissent pas.

J'avais des rites et je dormais. Je respectais les rites avec le plus grand soin, et chaque nuit je pouvais dormir. Je me protégeais. Je me protégeais des êtres qui circulaient dans la nuit. L'observance minutieuse des rites me permettait de dormir, et empêchait qu'ils s'approchent. Mon drap sans coutures recouvrait ma tête et ne faisait pas de plis; j'arrimais fermement le drap autour de mes pieds, je dormais.

Je glissais parfois mon œil par-dessus le drap, et ces êtres qui circulent pendant la nuit je les connaissais. Je les voyais, toujours les mêmes, chaque nuit où j'avais glissé un œil par-dessus le drap, et les voir toujours pareils, toujours au même endroit, me donnait bien la preuve de leur existence. Ce qui ne change pas est; et les rites tendent à en perpétuer l'existence.

Par la porte de ma chambre, je voyais le salon de ma

maison : le canapé et ses coussins, le fauteuil crapaud, le tapis. Trois êtres en forme d'éponges, rectangulaires et debout, deux grands et un petit, sautaient sur le canapé. Ils ne faisaient que cela, ces êtres en forme d'éponges, sauter en ligne sur le canapé en produisant un son grave comme le grommellement d'un mantra. Un être plus humain, bien que je n'aie jamais vu son visage, en costume géorgien avec bonnet d'astrakan, cartouchières sur la poitrine et bottes cirées montantes, se tenait un genou à terre derrière le fauteuil crapaud. Il penchait la tête et n'avançait pas, la moitié de son corps était dissimulée par le fauteuil, je ne reconnus jamais son visage. Ils reprenaient vie chaque nuit dès que l'on éteignait les lumières, laissant ouverte la porte de ma chambre pour que je dorme rassuré. Ils étaient là chaque nuit où j'osais regarder. J'observais les rites, et je pouvais dormir. Je me recouvrais tout entier d'un drap sans coutures et j'arrimais fermement le drap autour de mes pieds, qu'ils ne puissent sortir, que je ne puisse marcher, que je ne puisse, malgré moi, pendant mon sommeil, regarder, me relever, et rejoindre les êtres qui circulent pendant la nuit.

L'observance des rites permet de dormir. Je comprends parfaitement pourquoi les Indiens de la côte du Pérou emmaillotent leurs morts dans un drap immense qui ne fait pas de plis. Ainsi ils reposent pendant des siècles sans bouger, identiques à eux-mêmes ; reposent en paix, tout comme je le voulais ; ne rejoignent pas ce qui circule pendant la nuit ; dorment.

Le mot de Newton

À la tête de mon lit, au réveil, j'ai trouvé ceci : une feuille avec plusieurs lignes écrites de ma main, au crayon, à peine visibles ; et je ne me souviens pas de les avoir tracées. Je ne me souviens pas depuis quand cette feuille est posée là. Je ne range jamais les livres autour de mon lit, j'ai dû bousculer une pile dans mon sommeil, et ceci réapparut. C'est effrayant.

Il est du genre à brusquement sauter par la fenêtre. Et par accélération, tomber.

Tomber.

La gravité est une accélération.

Newton peut-être l'inventa. Il sauta pour le prouver.

La chute est de plus en plus rapide.

Un jour au réveil, dans les livres empilés autour de mon lit, je retrouvai, sur un petit papier arraché d'un carnet, des lignes tracées de ma main. L'écriture en était grosse et désordonnée, penchée en travers de la feuille, à peine appuyée au crayon de bois, comme tracée dans le noir ; mais c'était bien la mienne. Je ne me souviens pas de les avoir écrites. Les avoir écrites sans le savoir me fait très peur.

Lire quelques lignes que l'on aurait écrites, sans souvenir de les avoir pensées, est tout aussi inquiétant qu'un passant qui vous croise avec un fin sourire, et vous dévisage. Il ralentit, alors vous ralentissez un peu, il vous est vaguement familier, mais quelque chose vous empêche de l'apostropher : c'est son sourire entendu. Vous ne savez pas qui il est, mais il a l'air, lui, de savoir; et ce qu'il sait est une horreur. Si vous lui parlez, il vous le dira, alors vous passez. Qu'avez-vous donc fait?

Je ne me souviens pas d'avoir pensé cela.

Je ne sais pas pourquoi j'ai oublié ce que j'ai écrit.

Bien sûr je me souviens de Newton, sublime savant, vierge de tout contact, penseur concis des interactions invisibles. Il flotte sans poids entre les planètes, dans l'espace vide aussi obscur que l'entendement divin, *sensorium dei*, hors d'atteinte, dont l'équation seule peut donner une pauvre idée.

Cela m'inquiéta d'avoir écrit sans le savoir, car l'une des nuits précédant la découverte de ces lignes, je m'étais réveillé deux fois. Non pas successivement, mais d'abord une fois, puis une seconde fois à l'intérieur de la première, réveillé de ce premier réveil.

Je dormais alors dans une chambre tout en longueur. La fenêtre à l'opposé du lit donnait sur une cour intérieure étroite comme un puits. Je n'en avais jamais vu le fond car je souffrais de vertige, et je ne me penchais pas. Le soleil n'y pouvait descendre, et elle résonnait des raclements de gorge d'un homme que je ne vis jamais. Je dormais là depuis peu en compagnie de la jeune femme avec qui j'envisageais de partager ma vie. Je ne m'approchais pas de la fenêtre, nous restions sous les draps.

J'empilais des livres autour de mon lit. Nous dormions fenêtre ouverte, et la nuit la lumière du dehors entrait par là, loin au-delà de nos pieds, une lumière de lampadaires et de lune.

Cette nuit, qui précéda la découverte de ces lignes, qui étaient les miennes mais que je ne me souvenais pas d'avoir tracées, je me réveillai. Je dormais dans un tunnel. Je me réveillai et je vis au-dessus de moi le plafond courbe, voûté comme un crâne. Par une ouverture en demi-cercle venait la lumière. Je me levai. Au-delà résonnaient des grognements. Je me dirigeai vers le dehors. Je voulais sortir de cette cave en forme de tunnel. Au bout était une porte, et des escaliers qui me mèneraient vers plus de clarté. Marcher augmentait la lumière car je m'approchais de la source, et mon corps peu à peu se réchauffait. Debout, tout nu au milieu de la chambre obscure, je m'éveillai à nouveau. Je reconnus qu'il s'agissait devant moi de la fenêtre ouverte de la chambre, qui donnait sur une cour si profonde que je ne m'en approchais jamais. Je me retournai et vis que dormait au bout de la chambre celle avec qui j'envisageais de passer ma vie. J'eus très peur. Je fermai la fenêtre et je ne l'ouvris jamais plus. Je retournai me coucher mais je ne pouvais plus dormir.

Quand elle se réveilla enfin, la jeune femme avec qui j'envisageais de passer ma vie, elle me sourit; et je fus aussitôt envahi d'une méfiance, comme une froideur tremblante qui parcourut ma peau, en referma les pores, alourdit mes muscles, vida mon sexe, m'empêchant de la prendre dans mes bras. Son sourire se dissipa dans l'air comme le brouillard au matin. Une lumière pâle venait de la cour intérieure qui n'avait pas de fond. La gravité gâchait ma vie. Je retrouvai ensuite, dépassant d'un livre bousculé, quelques lignes que je ne me souvenais pas d'avoir pensées. C'est mon écriture mais je ne m'en souviens pas.

Je ne sais pas pourquoi j'évoquais Newton, cet homme si froid que jamais son corps ne fut touché par un autre, qui n'entendait rien à l'attraction des corps, mais qui modélisa la chute à l'aide de grandeurs mathématiques. Il mourut vierge, dit-on. Il vivait dans l'entendement de Dieu, dans l'espace vide et obscur où il flottait sans poids.

Je ne me souviens pas pourquoi j'ai oublié cela.

Monter sur la voie

Je ne me souviens pas exactement de l'avoir fait ; je ne me souviens pas de l'avoir vraiment fait ; ou de ne pas l'avoir fait. Je ne sais même pas comment dire. J'en ai pourtant le souvenir, aussi net que peut l'être un souvenir, mais peut-être s'agit-il d'un rêve, d'un rêve qui eut lieu — car les rêves ont lieu — exactement la nuit où je me souviens de l'avoir fait.

Je m'étais brouillé avec mon grand-père pour une histoire de femme. Il ne voulait pas voir celle avec qui je vivais alors, car nous n'étions pas unis selon les règles ; il avait des principes, il eut des exigences ; j'avais vingt ans, je me raidis ; je restai dix ans sans le voir. Maintenant je me demande pourquoi. Cet enchaînement de circonstances m'étonne, qui nous mena à ne plus nous parler pendant si longtemps.

Une nuit je fus seul dans le quartier où il habitait. Je marchais souvent l'été dans les rues, la nuit elles sentent le tilleul et la glycine. Le jour aussi, mais avec les voitures on y prête moins attention ; la nuit elles sentent mieux, l'air obscur est chauffé par la pierre, le parfum des arbres en fleurs se déploie dans le silence. Certaines fenêtres sont allumées, d'autres éteintes, les voitures passent une à une et, en les entendant venir et s'éloigner sans hâte, on peut les croire animées d'un tendre but.

J'avais bu, je marchais seul dans les rues remplies de parfum de fleurs, je me récitais en moi-même le *Romancero gitan*. J'apprenais à l'époque de longs poèmes dont je gardais le livre dans ma poche. Je voulais me souvenir. Je baignais dans de délicieuses sensations, et elles m'échappaient. La lecture de poèmes me procurait de telles sensations, et les mots m'en échappaient. Alors je les apprenais par cœur, le livre dans ma poche, les lisant page après page et me les disant, en marchant la nuit dans les rues vides qui sentaient les fleurs. «Antonio Torres Heredia / fils et neveu des Camborios / badine d'osier en main / va vers Séville aux taureaux», disais-je tout haut dans la rue vide. «Le teint brun de verte lune / il avance grave et beau. / À mi-chemin il s'arrête / pour tailler les clairs citrons / qu'il lance à foison dans l'onde / à la rendre toute d'or.»

Je fus dans le quartier où vivait mon grand-père, j'avais un peu bu, je me dirigeai vers cette rue précise qui porte le nom d'un linguiste. Rien ne vivait ici à cette heure tardive. J'escaladai la grille sans bruit, je connaissais sa clôture, et je fus dans le jardin.

Le jardin de mon grand-père était bordé de murs, mais au-delà du mur du fond passait le train, sur une levée de terre de plusieurs mètres. Je traversai le jardin éclairé par la lune. J'en reconnaissais les éléments endormis, posés dans l'argent lunaire, à l'endroit où je les avais vus pour la dernière fois plusieurs années auparavant. Mais je n'étais plus un enfant.

Le talus du chemin de fer dominait le mur du fond. J'y avais vu les trains passer d'en bas, des ouvriers réparer la voie, des locomotives rouler lentement, vers la droite, vers la gauche, et disparaître je ne savais où; je restais dans le jardin et levais la tête pour suivre cette activité que je ne comprenais pas. Tout était rendu inaccessible par le mur, et la pente de la levée de terre, et les buissons d'adventices à grandes feuilles qui vivent sur les voies de chemin de fer. J'étais petit, c'était si haut.

Je montai sur la cabane de jardin et je franchis le mur; je gravis la pente en me retenant aux grosses tiges qui la couvraient, j'arrivai sur la voie. Les rails luisaient sous la lune, et allaient au loin jusqu'à se rejoindre, disparaissant dans d'amples courbes dont je ne savais toujours pas où elles allaient. Alors avec lenteur, avec les précautions que l'on prend quand on se retourne en haut d'un escabeau, je fis demi-tour et vis le jardin; et au bout, blanche, était la maison éteinte. Je la vis sous un angle étrange, en petit, très différente de ce que je connaissais. Tout était plus modeste. Je voyais par-dessus les murs les jardins mitoyens, les autres maisons. Je redescendis, je me glissai dans le jardin, repassai la grille et fus à nouveau dans la rue. « Dans la mêlée il faisait / des sauts de dauphin huilé », dis-je encore. Je rentrai.

Ceci, je ne me souviens pas de l'avoir fait ou pas, je ne me souviens pas s'il s'agit du souvenir d'un acte, d'un rêve, ou du souvenir d'un rêve qui se superpose à un acte. Le réalisme des sensations ne me permet pas d'en décider. Ce que l'on vit la nuit après avoir un peu bu ne diffère pas tellement du rêve. Mais juger de la réalité des actes importe peu. Car cette nuit-là, que je marche sur la voie en haut de la levée de terre, ou que je rêve de marcher sur la voie en haut de la levée de terre, un événement eut lieu, réel, mais pas dans le jardin de mon grand-père.

Par la suite je mis fin à cette période d'isolement ; je retournai le voir. Il m'accueillit avec joie et sans rien me demander, comme si nous nous étions vus très récemment. Je vins avec elle, je la lui présentai sans crainte, et il accueillit celle que j'aimais avec le plus grand naturel.

L'arbre de mon âge

L'année de ma naissance mon grand-père planta un arbre au fond de son jardin. Il y est encore, c'est un grand et bel arbre de cinquante ans, qui est bien plus grand que moi car les arbres sont plus grands que les hommes. Aux débuts nous nous abritions dans leurs branches, ils peuvent nous contenir, notre taille convient à ce qu'ils peuvent porter. Nous sommes leurs fruits.

Je ne sais pas de quelle taille était mon arbre quand il le planta, car on peut planter des arbres de tailles diverses : de la taille d'une plantule qui pointe hors de la graine, et il lui faudra peiner pour sortir du sol ; ou de la taille d'une plante en pot que l'on déposera dans un trou gros comme les deux poings ; ou de la taille d'un buisson déjà grand, et il faut alors porter la terre qui tient entre ses racines, et cela pèse tant qu'il faut un camion et une petite grue pour le soulever.

Je ne sais pas de quelle taille il était quand il le planta, mais je me souviens qu'il était plus petit que moi, je le vis parvenir à ma taille, puis devenir plus grand, jusqu'à atteindre plusieurs mètres, me dominant pour toujours.

Là il faut que je m'interrompe. Je me rends compte que ce n'est pas possible.

Je n'ai pas pu regarder cet arbre d'en haut puis d'en bas. Je n'ai pas pu me souvenir d'être plus grand et de le regarder de haut, puis qu'il me dépasse. On a dû me le raconter comme une fiction, et je m'en suis souvenu comme d'une expérience. Mais cette expérience n'a pas pu avoir lieu. Les arbres grandissent bien plus vite que les hommes n'apprennent à marcher.

Mais je me souviens d'avoir rendu visite à mon arbre ; d'être allé au bout du jardin ; d'être resté dans le carré d'herbe à son pied et d'avoir levé les yeux. Je me souviens d'avoir regardé mon arbre par en dessous, et de m'être dit qu'il était bien grand, et fort, et bien plus haut que moi. Et je me souviens de m'être souvenu à ce moment-là de l'avoir vu grandir, de l'avoir regardé de haut avec bienveillance ; et maintenant il me surplombe pour toujours.

Je me sens un lien avec cet arbre-là. J'admire son tronc si gros que je ne peux en faire le tour avec mes doigts ; j'aime ses feuilles d'un vert plus pâle que celles des arbres de forêt, mais larges comme deux mains étalées. Il fructifie par de longs haricots, qui au printemps laissent échapper du coton. Ses branches souples s'étendent au soleil et donnent une ombre légère où je venais m'abriter pour lire, une ombre agitée de brises qui ne m'empêchait pas de voir le ciel.

J'étais dessous ; et je me souvenais de l'avoir vu plus petit que moi, je me souvenais parfaitement, les images en sont claires, d'avoir vu ses feuilles pas plus hautes que ma taille, et de lui avoir souhaité, avec beaucoup

159

de sollicitude, de bien grandir. Mon grand-père l'avait planté l'année de ma naissance ; il me le racontait souvent quand je lui rendais visite : il me racontait l'histoire de l'arbre qu'il avait planté cette année-là, et qui maintenant faisait de l'ombre à la moitié du jardin. Alors j'allais le voir, et sa taille m'émerveillait, il avait beaucoup grandi. Je ne suis jamais monté dans ses branches, mais je savais qu'il était possible de le faire, et qu'elles auraient parfaitement soutenu mon poids ; cela me suffisait.

Le cercle du temps

Les cercles ont des vertus, on le sait, et ceci arriva parce que nous étions disposés en cercle; ou alors ce furent les effets du soleil couchant qui nous colorait de rouge, nous tous, assis en rond un verre à la main, plus ou moins pleins de boissons que le soleil rendait toutes orange, le soleil entrant par les grandes baies qui remplaçaient les murs, car en faisant construire elle n'avait pas lésiné sur les fenêtres.

Voilà vingt ans exactement nous nous étions quittés, pour ne plus nous revoir, sauf par hasard, dans le train. Nous avions été amis trois ans, le temps du lycée, mais ce temps si bref pesait sur nos vies bien plus que les vingt ans qui avaient suivi. Pendant les années où nous étions ensemble, nous voyant chaque jour, nous avions tout connu, tout découvert, nous avions parcouru très vite le sommaire de la vie qui viendrait; et ensuite chacun pour soi, pendant vingt ans, nous en avions lu les chapitres.

À quarante ans nous nous revîmes, au soleil couchant, assis en rond. Alors, dans le silence qui s'était installé, je ressentis un trouble. Nous nous ressemblions tant. Cela me frappa comme une angoisse, et aussi comme un soulagement. Dans les reflets du soleil rouge qui nous faisaient cligner des yeux, le passé vint sur le présent. L'un se superposa à l'autre, et le présent fondit. Je dis tout haut ce qui me passait par la tête :

«Le temps n'a pas passé. Il bégaie, il revient identique à lui-même, il tourne. Nous sommes assis sur un pli de l'hyper-espace où le temps tourne en rond. Voilà. Demain nous retournons au lycée, comme hier. Mais vraiment hier : le jour avant celui-ci. Et demain nous continuons; vraiment demain, le jour après cette nuit. Peut-être dans vingt ans nous nous retrouverons encore; nous n'aurons toujours pas changé. Cela nous fera drôle.»

Juste là, au milieu du salon de celle qui nous accueillait, entre ses fauteuils, il y avait un repli du temps. On croit le voir s'écouler, alors qu'il se retourne sur lui-même, et on reste au même endroit. On se revoit comme jadis, comme un calque rouge posé sur le présent, et le présent ne compte plus pour rien.

On s'en amusa, de ce que j'avais dit. Déjà au lycée je racontais des choses étranges. On ne savait jamais si c'était une plaisanterie confuse, une banalité mal dite, ou un genre de folie à laquelle il fallait acquiescer sans chercher à en savoir plus.

«Nous nous retrouvons car nous sommes assis sur une boucle. Nous sommes tous partis, nous nous sommes éloignés, nous ne nous voyons plus. Et toi qui nous rassembles, tu es la seule qui habites encore où nous habitions, et tu as construit cette maison pleine de vitres au-dessus de cette boucle. On suit la boucle et on repasse au même endroit, on se revoit, toujours les mêmes. Ici. Rien n'a passé et ne passera jamais.»

Je m'enlisais. J'avais perçu une réalité exacte, si évidente que je ne savais comment la dire. Cette réalité avait forme de cercle, elle était de couleur rouge et éclairée de biais. Je la voyais très bien sous cette forme mais j'étais incapable de la dire, sinon par ce lyrisme emprunté à la science-fiction. Je marmottai, je fus de moins en moins distinct, je me tus. Je vidai mon verre pour noyer le dernier mot, donner une contenance à ma bouche ouverte. Là ils rirent, car on me reconnaissait bien. Ils rirent avec cette bienveillance perplexe qu'ils avaient toujours eue pour moi, ils savaient que je m'embrouillais, que je parlais de façon confuse dès que j'enchaînais plus de trois phrases, en multipliant les références à des livres que j'étais le seul à lire, et que j'avais peut-être inventés. Cela faisait mon pittoresque voilà vingt ans, et je n'avais pas changé. «Tu ne changes pas», me dirent-ils en riant.

C'est notre disposition en cercle qui voulut ça, ou la lumière étrange qui passait par les grandes vitres, ou ce qu'il y avait dans nos verres et qui prenait une couleur rouge. Le temps est un gouffre, rond comme un puits, avec au fond un miroir d'eau ; en nous penchant un peu nous nous vîmes tels que nous étions toujours.

Nous nous séparâmes quand la nuit fut tombée, et ne nous revîmes pas. Je pense à eux bien plus que je ne les vois, ils restent mes amis pour l'éternité, ces jeunes gens que je ne fréquentai que trois ans. Nous nous connûmes au moment où les poils poussaient sur nos corps, et d'avoir vécu ensemble à ce moment nous place dans un cercle dont nous ne pouvons sortir, et à l'intérieur duquel rien ne change. Simplement, le soleil descend autour de nous, et il va se teinter de rouge.

Nous ne sortons pas de ce cercle où nous nous sommes assis, sur ses fauteuils disposés en rond, autour desquels celle qui nous accueillait a construit sa maison aux murs de verre ; elle nous attend. Elle est la gardienne du repli du temps, elle a aménagé cette maison où nous nous voyons tous, en cercle, et le soleil descend autour de nous. Dans le soir qui colore tout de rouge, avec nos visages semblables à eux-mêmes, avec nos verres que nous vidons lentement, nous sommes les lignes du sommaire de la vie, d'une vie que nous avons ensuite lue, chacun pour soi, lentement. Cela n'eut pas de conséquences de vivre vingt ans de plus, car nous ne changeons pas.

*Les morts manquent
comme manque un membre*

Il manque.

Il me manque comme un membre que l'on m'aurait tranché. Mais ce membre je le sens parfois frémir, il me chatouille jusqu'à parfois me faire mal, sans que je puisse me gratter. Il exécute parfois des gestes, mais plus lentement que lorsqu'il était là, et certains gestes, il ne peut les faire. Il manque, mais je le sens, sans pouvoir le saisir.

Matériellement il ne reste de lui qu'une pierre, avec son nom gravé. Je sais où elle est, cette pierre — à l'écart du village, au-dessus du Rhône —, mais je n'y suis pas revenu depuis qu'elle fut posée, devant moi, devant nous tous qui pleurions, moi qui ne pouvais plus m'arrêter de verser des larmes, comme un tuyau tranché. Cette pierre à son nom jamais ne frôla son corps, jamais il ne la vit ni ne la toucha, mais c'est matériellement ce qui reste de lui, elle occupe maintenant le volume d'univers qu'il occupait. Dessous, on pourrait trouver des os qui auraient été les siens, mais ils sont en voie de résorption, la matière qui les compose n'était pas vraiment à lui, il l'empruntait, il l'a gardée un moment, maintenant elle se disperse. La pierre à son nom est ce qui reste de lui, elle occupe la place qu'il occupait. Il ne l'a jamais vue, je n'y suis pas retourné depuis ce jour où on la posa. Je me souviens de lui; où est-il?

Comme un membre fantôme il continue de bouger.

Il manque.

Il disparut, mais je sens sa présence; c'est cela, mourir : disparaître, mais rester. Je le vois, je lui parle, je m'assois à ses côtés, nous marchons ensemble, nous rions à des bêtises, et quand je tends la main en pensant le toucher, il n'y est pas. Je tâtonne, la surprise me fait perdre l'équilibre, je manque de trébucher; il n'y est pas.

Pendant des jours, mais des années aussi, j'eus le geste de tendre la main en pensant le toucher, et il n'y est pas. Il manque. Je me souviens de tout; j'ai encore à lui dire, je me tourne vers lui, bouche ouverte, je dis le premier mot; il n'y est plus.

Quelque chose a tranché, il manque un de mes membres. Quelque chose tranche tout ce que je lui adresse : ce que je lui dis, les gestes que je fais vers lui, tout disparaît brusquement, tout bascule dans rien; la disparition m'ampute. Une partie du monde est perdue, je ne le sais pas encore vraiment, et pendant des jours, et des années aussi, subsiste l'élan vers cette partie qui n'est plus, vers ce pont effondré, vers cette porte murée qui ne donne plus sur rien, vers ce membre fantôme.

Tout est encore là : le cerveau et le nerf, l'os vivant, la volonté, le désir de mouvement et la sensation, tout; sauf le membre tranché qui n'est plus. Et pourtant il démange. Je peux en imaginer les mouvements, mais il ne peut plus rien saisir. Il est devant moi lorsque je ferme les yeux.

Il disparut jeune ; j'ai pris de l'âge, des cheveux gris et du ventre, j'ai dépassé de très loin l'âge qu'il avait atteint, mais il est plus âgé que moi, il le sera toujours ; il a un an de plus que moi pour l'éternité.

Il disparut de la façon la plus simple. La vie allait sans heurts, et il s'en retira.

Le soir avant le repas chacun allait à de menues occupations ; de la cuisine venaient le bruit de couverts qui s'entrechoquent et l'odeur de ce qui cuit. Il prit le fusil de la maison, dit qu'il allait le nettoyer et l'emporta dans sa chambre.

Je ne sais pas pourquoi les gens qui vivent dans les maisons isolées ont des fusils, mais ils en ont souvent. Bien peu sauraient s'en servir, la plupart ne sauraient que se blesser. Peut-être, dans la vie qui précédait celle-ci, le père avait-il tué des gens. Mais il n'en parlait pas. De lui à la guerre je ne vis qu'une toute petite photo, où on ne le reconnaissait pas. Il avait acheté un fusil en même temps que la petite maison près des bois. D'autres aussi avaient acheté des maisons, et un fusil également dont ils auraient été incapables de se servir. Lui aurait pu, mais il ne disait pas pourquoi. Le fusil faisait partie de la maison isolée, les gens l'achetaient pour conjurer l'isolement, défendre la maison des rôdeurs que l'on ne voyait jamais. Son père savait, pour des raisons qu'il ne racontait pas ; il lui avait appris à s'en servir, et l'entretien de l'arme faisait partie de l'apprentissage. Il emporta le fusil dans sa chambre pour le nettoyer avant le repas, pendant que chacun allait à ses menues occupations, presque rien. Dans la cuisine sur le gaz quelque chose roucoulait à petit feu, les couverts que l'on pose s'entre-choquaient avec un tintement de fer sur la porcelaine. Les coups de feu sont plus secs et plus brefs qu'on ne s'y attend, plus discrets que les enfants ne les imitent quand ils jouent à la guerre, plus secs que leurs conséquences ; ils n'ébranlent ni le sol ni l'air, ils ne sont qu'un claque-ment.

Ils coururent dans sa chambre, tous, lui était étendu sur son lit et la tête en sang, le fusil à terre et une balle dans sa tête. Il mourait.

Il mourut sans explication, comme les nourrissons qui s'arrêtent brusquement de vivre. Il avait tous les talents dont on pouvait rêver, l'humour qui pourtant résiste à tout, tant d'intelligence, la sensibilité de tout com-prendre. On ne sut rien expliquer. La mort volontaire reste obscure pour ceux qui demeurent. Il disparut.

Il ne fut pas le seul à mourir parmi tous mes frères inventés ; je n'avais aucun frère de sang, je m'en inventai, et ils mouraient tour à tour et me laissaient. Un par un mes membres tombaient, ne laissant plus qu'un tronc bavard incapable de rien saisir. Maintenant encore, mutilé par leur disparition, je parle bien plus que je n'agis. Prenez garde, ceux que j'appelle mes frères, vous mourrez ; avant moi, sous mes yeux. Ils me laissaient tous. La mort tranchait mes membres les uns après les autres, mais ils sont encore là comme des fantômes accrochés. Mes membres fantômes font encore les gestes d'avant, mais plus lentement, et certains gestes ils ne peuvent les faire, exactement comme s'ils étaient vrais, comme si l'organisation de l'os et de la chair leur imposait des contraintes matérielles. Je ne puis saisir cette grosse pierre à son nom qui est maintenant sa seule présence, son encombrement matériel commémoré pour des milliers d'années encore. Je ne puis la remuer, je ne puis la toucher, jamais il ne l'a vue, je ne suis pas retourné la voir depuis qu'on l'a posée. Sa place est physiquement conservée, mais il ne bouge plus.

Il manque.

Le bruit du XXᵉ siècle

Là-bas, j'entendais le bruit du XXᵉ siècle. Tous les jours dans la maison de mon grand-père, nous étions interrompus par le martèlement de fer du XXᵉ siècle. Les trains passaient au bout du jardin, à heures fixes, et nous nous taisions plusieurs fois par jour car ils faisaient trembler les murs, ils faisaient vibrer les chaises où nous étions assis, et la table ; nous ne nous entendions plus. Ils passaient si près que je distinguais le visage des passagers qui s'accoudaient aux fenêtres, et parfois ils me saluaient, enfant en contrebas jouant dans le jardin, qui s'arrêtait pour les regarder, tête levée vers eux qui passaient. Ils passaient. Ils allaient loin avec le train, et me souriaient. Jour et nuit je l'entendais le bruit du XXᵉ siècle, un bruit de fer sur du fer, un bruit de machines qui soufflent, un bruit de roulement interminable qui faisait trembler les murs, qui dans mon lit me faisait trembler. Ce bruit de fer résonnait dans le bois des wagons, les wagons font caisse de résonance, les wagons vides résonnent fort, ceux remplis un peu moins.

Et mon grand-père me disait que le bruit des trains au ralenti, il ne le supportait pas, cela lui donnait des frissons, des sueurs et un début de migraine, car il roula pendant trois jours pour arriver en Allemagne, dans un wagon rempli d'hommes comme lui; ils restèrent debout, ils ne purent boire ni manger de trois jours, me dit-il, mais ils pissèrent et chièrent sur eux, et le bruit ralenti du train résonnait comme un tambour funèbre, et maintenant quand il l'entend, cela sent la chiotte.

Mais quand le train va vite, il respire mieux, la migraine disparaît, le chemin de fer au bout de son jardin ne le gêne pas, il s'interrompt avec le sourire et écoute le bruit du XXe siècle qui passe, le bruit des machines de fer, et il reprend. Le jour au bout du jardin des gens passaient, parfois me saluaient, et la nuit une trépidation de fer battu me réveillait en sursaut, cela faisait trembler le sol, trembler mon lit, je restais éveillé en nage quand ce bruit s'évanouissait.

Je compris plus tard de quoi c'était le bruit. Je croyais qu'il s'agissait simplement du train. Je compris qu'il s'agissait du bruit du XXe siècle. Je le compris en passant à pied sous un pont de chemin de fer. Les poutres d'acier peint tenaient par des entretoises boulonnées. Dessous il faisait sombre, le pont tremblait. Je passai à pied sous ce pont de chemin de fer, et un long train de marchandises le traversa, produisant un vacarme de laminoir, très long, car il n'allait pas vite. Les roues d'acier écrasaient les profilés d'acier, les traverses s'enfonçaient dans leur lit de cailloux, les wagons tressautaient à chaque extrémité du rail, et leurs articulations boulonnées grinçaient, le bois des wagons faisait caisse de résonance, les poutrelles tremblaient en rendant le son d'un effondrement continu. Cela durait, produisait un bruit de chute qui ne s'arrête pas, un bruit de catastrophe continue; le tonnerre métallique résonnait sous le pont de chemin de fer où j'allais à pied, où j'allais à tâtons car dessous il faisait nuit, je marchais dans un tambour de fer qui vibrait au rythme obstiné du train, dans un bruit de forge industrielle qui avance, même la nuit, un bruit qui abat méthodiquement la distance à coups de marteau répétés.

Je tremblais physiquement, et je reconnus le bruit du XXe siècle. Il était passé pendant toute mon enfance au fond du jardin, et mon grand-père s'interrompait quand la table se mettait à vibrer. Je me réveillais en nage quand le lit commençait de bouger. Si le XXe siècle a un bruit, c'est celui du long train à petite vitesse, ce rebond du fer sur du fer, amplifié par des wagons de bois. Je le reconnus, ce bruit nocturne, ce bruit électromécanique, ce martèlement de forge qui interrompait nos conversations, qu'il fallait ensuite reprendre en rattachant tant bien que mal nos mots à ceux d'avant.

Le bruit du XXe siècle est celui du train de Paris au bout du jardin, dont les voyageurs parfois me saluaient, accoudés aux fenêtres; il est celui de Londres, de Grand Central Station et Paris-Nord, le bruit de Magnitogorsk jour et nuit, le bruit des trains de Pologne dont résonnait le bois.

Le bruit du XXe siècle qui passait chaque jour au fond du jardin, qui nous faisait taire, est celui de l'héroïsme industriel, des machines de fer qui tournent, avancent et volent, le bruit des villes noires et fumantes, le bruit même des lueurs rouges qui leur servaient de ciel. Le bruit du XXe siècle est celui de Berlin Hambourg

Düsseldorf juste avant le tapis de bombes, quand les bombes flottent en l'air quelques instants encore, au moment où les dormeurs se réveillent, où les sirènes hurlent, pendant quelques secondes encore les bombes flottent en l'air, et les premiers bombardiers en flammes, les ailes arrachées, tombent déjà dans les brasiers de phosphore.

Le bruit du XXᵉ siècle passait au bout du jardin de mon grand-père. Je l'entendais pendant mon enfance, nous interrompions nos conversations le temps qu'il passe, puis nous reprenions. Cela ne gênait pas s'il allait à bonne vitesse. Il secouait mon lit; et puis je me rendormais.

Le train passait au fond du jardin; tête levée vers ceux qui me souriaient, je leur faisais des signes de la main; j'entendais le bruit du XXᵉ siècle qui me faisait trembler, et je tâchais du mieux que je pouvais de leur rendre un pauvre sourire.

Lieu des morts

Que faire avec les morts ? Et où sont-ils, d'abord ?

Rien qu'avec les morts que je connais on pourrait peupler la maison où je vis, où nous manquons déjà de place. Alors avec tous les morts de la terre, la terre que nous connaissons n'y suffirait pas, et les cieux pour les morts ne sont pas un lieu très sérieux : leur légèreté empêche d'y entreposer des corps. Sauf peut-être les jours de grand orage, l'été, quand les nuages sont comme des dalles de plomb. Mais il ne fait pas ciel noir bien souvent, or les morts sont toujours là. Où sont-ils ?

Ulysse alla au pays des morts, et revint. Avec son bateau manœuvré par des hommes, il franchit le flot amer et alla jusqu'au pays des morts, il leur parla. De tous les mystères que charrie l'*Odyssée*, comme un fleuve charrie des paillettes d'or, c'est celui qui m'impressionna le plus : Ulysse qui se rend au pays des morts sans franchir aucune porte, en simplement naviguant sur la mer. Orphée lui aussi alla chez les morts et en revint, mais Orphée, je comprends mieux comment il s'y prit : le Styx est la limite, Charon l'attend sur sa barque et le fait passer, Cerbère garde l'entrée, il indique la porte. Mais

Ulysse ? Il va, il aborde, il y est. Le monde deviendrait-il si flou avec la distance, que sur ses bords fantomatiques on trouve le pays des morts ?

Je suis prêt à croire en l'existence d'un autre monde, mais je n'en vois pas la porte. Je n'imagine même pas quelle direction prendre pour m'en approcher, et je ne saurais à quoi me fier pour savoir y être enfin.

De tous les mystères que contient l'*Odyssée*, celui qui m'impressionna le plus fut d'aller au pays des morts en ne franchissant rien d'autre que de la distance. Comment Ulysse savait-il où aller, l'homme plein de ruses ? Alors que la terre est ronde, alors qu'elle ne possède pas de bords, alors qu'en marchant toujours on revient là où l'on était, comment peut-on en simplement marchant, en toujours gardant les pieds au sol, aborder l'au-delà ? Où est-ce ?

Que le pays des morts soit quelque part, fort bien, puisqu'ils y sont. Mais comment y aller ? Il est loin le pays des morts, mais comment combler ce loin en simplement allant devant soi ? Ulysse parvint ailleurs, et je me demandais à quel moment il sut y être. Il s'approche ; et c'est le lieu.

« Ô Circé, demanda-t-il, qui nous guidera dans ce voyage ?

— Ne t'inquiète donc pas d'un pilote pour te guider. Laisse à Borée le soin d'emmener ton navire.

» Lorsque tu auras traversé l'Océan tu verras un rivage plat et les grands bois de Perséphone, des saules aux fruits morts et de hauts peupliers. Échoue là ton bateau, près des remous, puis va trouver Hadès en son palais de pourriture. Là est le pays des Cimmériens, couvert

175

d'un voile de brouillard ; sur eux jamais le soleil ne fait descendre ses rayons. Une funeste nuit s'étend sur ces infortunés.»

Alors il longea les eaux de l'Océan jusqu'à l'endroit désigné par Circé. Là-bas, il échoua le bateau, il parla aux morts. Quand il repartit le courant l'emporta, ils voguèrent au fil du fleuve Océan, d'abord à force de rames, puis ce fut un très beau vent.

Je pensais à Ulysse dans le métro, je pensais à son voyage que je ne comprenais pas, la tête contre la vitre, dans un long trajet sous l'agglomération. Je ne savais pas au-dessous de quoi je passais, dans le métro on ne sait jamais bien où l'on est. Par la fenêtre je regardais le paysage. C'est idiot, mais c'est une habitude, c'est l'effet du magnétisme des fenêtres : par une fenêtre on regarde. Le métro allait en son tunnel, sans que je sache apprécier les distances. Je voyais, dehors, défiler les néons. On éclaire le tunnel du métro à intervalles réguliers. Ils défilent à toute vitesse pendant le voyage, ils sont trop espacés, noir néon noir néon noir, et soudain passent deux néons violets parmi tous les autres qui sont blancs ; ils ont cette couleur ultraviolette des pièges à mouches, que l'on allume la nuit dans les pays du Sud, en Grèce, devant les cafés où les hommes en chemise blanche discutent depuis toujours sans se lasser.

Ensuite, plus rien, noir néon noir néon noir ; les néons violets n'étaient que deux : deux néons de piège à mouches installés sous la terre. On devait en arriver là. À force de creuser sous terre, c'est sûr que l'on devait tomber sur des grottes envahies de mouches. Égouts, cimetières, fosses communes, poubelles entassées, la terre sous nos pieds se nourrit : tout le pourri enfoui sous nos pieds alimente le sol. Alors bien sûr, à force de creuser, il fallait bien un jour que le métro passe à travers des trous pleins de chairs mortes. Il faut dans les tunnels du métro disposer des pièges à mouches ; car voyager sous terre impose le rapprochement avec les morts.

Heureusement c'est temporaire, et c'est supportable, car c'est derrière une vitre. Rapidement la station est là, avec son éclairage blanc, les gens qui passent sans rien se dire, les couloirs carrelés très propres comme ceux d'une piscine, d'un hôpital, d'une morgue. On descend, on remonte et on sort. Dehors, on n'y pense plus. Heureusement. Dehors la foule va dans tous les sens. La vie reprend. J'essaie de ne plus penser au pays des morts. Je ne sais même pas où il est.

Le chronomètre à cheveux

J'ai écrit un roman, ce qui est long. Je l'ai entièrement écrit en dehors de chez moi, dans des cafés, au milieu de gens qui passent. Ils ne me dérangeaient pas, l'anonymat me soulage, je ne suis pas tenu de comprendre ce qu'ils disent, je n'entendais rien à leur bavardage. J'allais dans les mêmes cafés, aux mêmes heures, aux mêmes jours, selon l'emploi du temps de mon autre travail, selon l'emplacement de ma maison, selon les heures ouvrables.

Quand j'eus fini mon roman, je remarquai que ses cheveux avaient beaucoup poussé, ils lui arrivaient jusque dans le clos, bougeaient avec de longues ondulations de fouet à chaque mouvement de sa tête. Je ne la connaissais pas mais je l'ai vue tout au long de l'écriture de mon roman. Je ne sais pas combien de temps cela a duré; j'étais dedans. J'allais toujours aux mêmes endroits pour faire les mêmes choses, les mêmes gestes dans la même position, seule la couleur de mes pensées changeait mais rien en moi ni en dehors de moi ne pouvait m'indiquer le passage du temps.

Écrire est long; écrire consomme du temps comme coudre consomme du fil. À la fin on voit l'objet cousu.

On ne se rend pas bien compte de la longueur de fil que l'on a utilisée, mais l'objet tient comme ça. Avec cette longueur-là, rien de moins.

Lorsque j'eus fini mon roman, dans un moment de bonheur je relevai la tête, je repris mon souffle en regardant autour de moi, heureux de cette lumière tout autour, heureux de ceci devant moi et en moi, et que j'avais enfin achevé, et je remarquai que ses cheveux avaient poussé : cette femme je ne la connaissais pas mais j'étais venu aux mêmes endroits, aux mêmes heures, les mêmes jours, et elle venait là boire un café au matin avec toujours le même homme, qui parfois l'attendait, et parfois c'était elle.

J'ai écrit tout un roman le temps que ses cheveux poussent. Elle les avait juste au-dessous des oreilles, si je me souviens des premiers jours, elle les a maintenant au milieu du dos dans cette lumière que je retrouve. Ses cheveux dorés suivent chacun de ses mouvements, cela lui donne une aisance qui ressemble à la liberté que j'éprouve maintenant, l'aisance dans l'usage de ma langue après avoir rempli deux mille pages, et en avoir gardé six cents.

Je ne la connais pas vraiment. Je la voyais, elle venait s'asseoir au matin pas loin de moi. Je ne sais pas combien de temps je suis venu au même endroit, à la même heure, les mêmes jours, je ne sais pas combien de temps je suis venu faire la même chose, mais j'ai écrit tout un roman le temps que ses cheveux poussent. Elle ne m'a sans doute jamais remarqué et je ne faisais pas attention à elle. J'avais les yeux qui regardaient en dedans ;

ou au-delà; ou à travers; toute métaphore que l'on voudra pour exprimer ma seule attention au spectacle de la langue.

Quand j'eus fini ce roman, je remarquai combien ses cheveux avaient poussé, par rapport au souvenir confus que je gardais d'elle, elle toujours ici aux mêmes heures, comme moi, pendant tout ce temps. Elle ressemblait maintenant à une autre femme, plus belle et plus assurée d'elle-même, comme ma langue après deux mille pages écrites dont je ne gardai que six cents. Elle ne me remarquait toujours pas, mais elle portait autour d'elle, souple et dorée, l'horloge intime qui mesure le temps du verbe que j'avais écrit. Elle venait souvent en ce lieu, aux mêmes heures que moi, avec un homme toujours le même, qui parfois l'attendait et parfois elle. Et au-dessus de sa tête, sur ses épaules, sans qu'elle le sache, elle égrenait le temps secret de cet organisme posé tout près d'elle, posé devant moi, et qui grandissait sans qu'elle en soupçonne l'existence. Ses cheveux poussaient à la vitesse de ma langue.

La nuit, ses cheveux étalés sur les draps tout autour d'elle, couronne d'or autour de son visage endormi, lui murmuraient des phrases sans queue ni tête dont elle ignorait l'origine, le sens, et le but. Parfois elle s'en souvenait et elle se demandait où elle avait bien pu entendre ça. Elle mettait ce murmure sur le compte du rêve, on met beaucoup sur le compte des rêves. On ne pense pas aux horloges. Les horloges cliquettent et bercent ceux qui dorment à leur pied. Les cheveux poussent lentement avec des soupirs d'effort, tous ensemble, et l'on peut reconnaître dans ces soupirs des formes de mots, la lente poussée de verbe qui est la vie même.

Lorsque j'eus fini mon roman, ses cheveux avaient poussé jusqu'au milieu de son dos. Je rassemblai toutes les feuilles que j'avais écrites, et les empilai en un seul tas. J'en avais écarté beaucoup, j'avais gardé celles-ci qui formaient une pile dont la hauteur me convenait bien. Je regardai enfin autour de moi. J'étais libre. Elle était devenue beaucoup plus belle. Je ne la connaissais pas.

Barbe de Venise

Lorsque je revins de Venise, mon père s'était rasé la barbe, et j'en ressentis un violent dégoût. Il s'était gardé une moustache grisonnante, peu fournie, qui allait le long des plis de sa bouche, très bas, jusqu'à sa mâchoire qui me parut trop fragile.

Nous étions allés à Venise entre garçons, nous logions dans l'auberge de jeunesse de La Giudecca, nous avions rencontré des Canadiens qui faisaient un tour d'Europe avec qui nous bûmes, rîmes, fîmes les ânes dans les portes à tambour du Danieli, jusqu'à nous en faire chasser par des types en uniformes chamarrés, portant des casquettes de généraux du San Theodoros. Nous nous égaillâmes piazza San Marco, nous essayâmes d'épuiser les pigeons par des envols répétés, essayâmes d'être figurants indésirables sur un maximum de photos touristiques; essayâmes d'organiser des visites pour des touristes qui nous croisaient, commentant tout haut les mosaïques avec l'air docte de vrais guides; et un bedeau en dentelles finit par nous prier en plusieurs langues de sortir de la basilique, car nous perturbions le passage, les vraies visites, et ce qui semblait être l'office, mais nous n'y connaissions rien.

Nous avions la vingtaine agitée et un peu simplette, mais nous en étions heureux; nous cherchâmes en vain une pizzeria qui nous convienne mais n'en trouvâmes une qu'à Chambéry, au retour. Ce paradoxe facile nous fit rire tout le repas. Nous riions facilement.

De ce court voyage j'ai encore une photo de moi, vêtu d'un pantalon à rayures, coiffé d'un bonnet de laine rond, à cheval sur un des lions de pierre de l'arsenal. Nous ne connaissions rien à Venise, nous étions partis au hasard et c'était très bien comme ça. Avec un peu de snobisme j'avais pour seuls guides deux livres : *L'eau et les rêves* de Bachelard et *Favola di Venezia* d'Hugo Pratt. Bachelard m'enivrait à trouver partout des gisements de sens, et le récit de Pratt me paraissait merveilleusement énigmatique; ils provoquaient chez moi un enthousiasme fiévreux, une curiosité que j'étais impatient de résoudre en contemplant la réalité de Venise. Je ne sais plus ce que disait Bachelard à propos de l'eau, mais cela reviendrait si je le relisais, ce qu'il m'apporta est fondu maintenant dans la masse de ce que je comprends, dont je ne sais plus si je l'ai lu ou inventé. Mais Pratt me prit au dépourvu. J'avais imaginé trouver dans les cases le dessin de lieux où il serait allé; j'aurais alors suivi les pas de Corto Maltese et je serais passé par là où il était passé.

Mais les paysages sont rares dans les fictions. Pratt dessinait des visages; il racontait une histoire, les personnages parlaient, il dessinait leurs visages en train de parler; et leurs visages, raidis par l'encre noire appliquée au pinceau, comme les masques du théâtre antique construits pour la déclamation, ne laissaient rien paraître. Les rares lieux qu'évoquaient les arrière-plans n'étaient que décors, des fonds de scène esquissés d'un trait. Son encre simplifiée ne permettait de rien reconnaître. Venise est ainsi faite que tous ses palais se ressemblent, que ses cours intérieures se ressemblent, munies chacune de puits de pierre qui tous se ressemblent. Les mêmes formes se répètent, à peine différentes, et le pinceau très chargé d'encre de Pratt en gomme tous les détails qui permettraient de s'y retrouver. Avec Corto Maltese on était à Venise, c'est tout. J'y étais aussi et ne reconnaissais rien.

De ce guide mal adapté, je ne fis rien, rien d'autre que me vanter de l'avoir emporté. Il m'était délicieux de prétendre guider mes pas à l'aide d'une fiction. Mais je ne trouvai rien à Venise dont j'aurais pu dire avec certitude, avec preuves écrites, avec preuves graphiques, que Pratt l'avait vu aussi, rien dont j'aurais pu jurer que Corto Maltese l'avait arpenté de ses longues jambes, de son long pas onirique et silencieux ; sauf les lions de l'arsenal que nous allâmes voir tous ensemble.

Quand nous fûmes devant eux, les beaux lions usés volés à Rhodes, je les comparai avec le dessin. Nous cherchâmes sur leurs flancs les inscriptions runiques que Corto Maltese y trouva, et qui ont leur importance dans l'histoire. Nous ne lûmes rien, que de la pierre granuleuse trop abîmée. Il y eut peut-être un texte gravé en spirale, mais des siècles de mauvais temps l'avaient effacé. Nous montâmes sur ces grands lions maigres et prîmes une photo.

Quand nous rentrâmes de Venise, mon père s'était rasé la barbe. Il n'avait gardé qu'une moustache peu fournie, délavée, qui s'écoulait le long des plis de sa bouche jusqu'au bas de ses joues, jusqu'à sa mâchoire que je découvris toute petite. Il vint nous chercher à la gare de Chambéry, je m'assis à côté de lui, je le vis de profil. Je n'osais pas le regarder et ne pouvais m'en détacher. J'étais envahi d'un violent dégoût à voir apparaître sa mâchoire trop fine, et son petit menton qui dépassait d'entre ses moustaches amaigries, et les plis de son cou, jusque-là cachés, maintenant découverts. Il avait tant vieilli pendant mon voyage. Pendant le trajet en voiture, que je fis tourné pour ne pas perdre de vue mes amis assis derrière, je fus près de pleurer ou de vomir, de vider d'une façon ou d'une autre ce qui maintenant me dégoûtait; j'étais impatient que cela finisse. Il avait rasé sa barbe et je voyais maintenant ses lèvres trop fines, trop petites, l'inférieure humide; je voyais dénudé son petit menton saillant et fragile, qui pointait hors des plis de ses joues, qui descendaient jusqu'à son cou, et son cou découvert aussi pendait. Je le trouvais laid, je le trouvais vieux, et cela m'apparaissait brusquement parce qu'il avait rasé sa barbe à mon retour de Venise. Nous étions partis entre garçons car je m'étais séparé de celle qui dès l'adolescence devait être ma femme pour la vie. Je m'étais senti merveilleusement libre, de la quitter, et de partir là-bas entre garçons, et à mon retour de Venise je fus terrassé de dégoût, par cette vision de mon père qui s'était rasé la barbe. Nous roulions dans la voiture, nous sortîmes de Chambéry, j'étais impatient que cela se termine pour n'avoir plus à regarder son profil à côté de moi, et inquiet que cela finisse ; car quand mes amis assis derrière seraient partis, je serais seul avec lui pour quelques jours encore ; et il avait rasé sa barbe.

J'ai maintenant l'âge qu'il avait quand il vint nous chercher à la gare de Chambéry, ayant rasé sa barbe, ne gardant autour des plis de sa bouche qu'une moustache maigre qui pendait jusqu'à sa mâchoire trop petite, j'ai l'âge qu'il avait quand il nous reconduisit chez nous en voiture, jeunes gens ravis de leur voyage, fatigués d'avoir bu, d'avoir ri, peu dormi, jeunes gens qui ne tenaient guère à séparer la fiction de la réalité. J'ai maintenant ce même âge, et je n'ose me regarder dans un miroir, car je ne sais pas ce que j'y vais trouver. J'ai ce même âge.

Le plongeoir sur le lac

J'ai fait le tour de ce que j'habitais trente ans auparavant. Tout était plus petit, et bien plus banal que dans mon souvenir. Cette cathédrale de lumière sur quoi ouvrait la porte n'était que la montée d'escalier d'une barre HLM, plutôt petite. Le gouffre obscur où nous nous cachions n'était que le petit escalier menant aux caves. De l'arbre géant que l'on avait abattu, et nous étions en foule pour assister à la chute, il ne restait qu'une souche modeste, sèche, et creusée de trous de vers.

J'allai me baigner où nous nous baignions alors, et la plage au bord du lac n'était qu'un peu de sable rapporté, et l'immensité d'eau qu'il me fallait franchir n'était que cinquante mètres entre deux pontons de bois. J'avais pied bien plus loin que je m'en souvenais. Tout avait réduit en trente ans, tout s'était réduit et comme séché, tout avait perdu cette sève de l'inconnu, de la merveille et du danger, il ne restait que des enveloppes creuses qui ne contenaient plus rien de ce qui m'avait exalté, plus rien du lait qui m'avait nourri.

Je nageai dans l'eau verte du lac, jusqu'au ponton

flottant qui portait un plongeoir. Ce plongeoir est construit de tubes soudés, peints en blanc, et d'une planche suspendue à trois mètres au-dessus de l'eau ; il me faisait peur. Il est une aberration géométrique. Vu d'en bas, moi nageant, il découpe une forme sur le ciel ; d'en haut, il produit un reflet noir sur l'eau verte, un tracé de traits noirs qui n'a rien à voir avec celui en tubes blancs vu d'en bas. Son reflet ne lui correspond pas. Ce plongeoir est une aberration. J'y montai. Je vis l'eau verte en bas, lisse, dure, impénétrable, alors qu'en nageant elle me paraissait moins opaque et ondulait légèrement, et j'y entrai sans difficultés. Debout sur le plongeoir, l'eau du lac était aussi loin de moi que trente ans auparavant. Et j'eus aussi peur d'y plonger que trente ans auparavant, j'eus la même hésitation, le même nœud au ventre, le même sentiment d'organes qui remontent quand je saute, le même choc que j'appréhendais toujours, le même étouffement sous trois mètres d'eau, le même soulagement de remonter, et de revoir enfin la structure en tubes blancs sur le bleu du ciel. Tout fut exactement pareil. Cela ne devrait pas. Ce plongeoir est une aberration géométrique : car si tout avait rétréci quand je vins le voir trente ans après, lui : non. Ce plongeoir a exactement la même taille que lorsque j'avais dix ans. J'ai exactement la même trouille en sautant, la même remontée d'entrailles que l'on connaît lors des rêves. Tout est devenu plus petit, sauf cela : le plongeoir du lac. Tout est devenu moins intense, moins chargé de rêves, sauf cela. L'eau verte et dure est toujours sous moi à la même distance quand j'envisage d'y sauter.

Comment est-ce possible qu'au milieu de ce lac

devenu plus petit, cela n'ait pas changé de taille en trente ans? J'en suis sûr, je suis sûr de mes mesures, car je les évalue par ma peur : ma peur de sauter dans l'eau est exactement la même; le plongeoir sur le lac est aussi haut qu'il y a trente ans; il n'a pas bougé. Lui seul, de tous les lieux où je vivais auparavant, n'a pas bougé.

N'est-il pas étrange qu'en un seul point le monde n'ait pas changé? N'est-il pas étrange qu'en un point unique le monde ne bouge pas, alors que partout ailleurs il se rétrécit et se vide? Du monde que j'habitais et que je revins voir, le plongeoir du lac est le centre immobile. Ce monument de tubes blancs, muni d'une planche, est de la même taille que trente ans auparavant, et d'en haut, j'ai toujours autant peur.

Les étoiles au cours de la nuit tournent toutes, sauf une, l'étoile Polaire, ce clou qui suspend le ciel. Celle-là ne bouge pas, elle montre le nord; lac miroir du ciel. Le plongeoir au milieu du lac est une aberration géométrique; il ne bouge pas dans un monde qui bouge; il ne rétrécit pas dans un monde qui se rétracte. Il suscite toujours la même peur dans un monde que je devrais mieux comprendre. La peur de sauter à l'eau est l'étoile Polaire de mon ciel intime. J'ai peur de sauter à l'eau. Cela ne change pas.

La boucle

«Attendez, fit-il. Une dernière fois.» Et mon grand-père se précipita vers le cercueil ouvert où était sa femme. Les deux messieurs des pompes funèbres retinrent leur geste, l'un tenant le couvercle, l'autre le tournevis, une vis dans la main et les autres dans la bouche. Ils portaient bedaine et moustaches, on aurait dit des plombiers, déguisés de costumes qui ne leur allaient pas.

Il se précipita sur elle et l'on put croire qu'il tombait, qu'il trébuchait sur sa canne, se retenant au cercueil. Mais simplement il se penchait. Il souffrait d'arthrose et marchait mal, se pencher avec un peu de précipitation ressemblait à une chute. Avant qu'ils ne referment le cercueil il se pencha jusqu'à elle, déposa un baiser sur son front, cela aurait pu être un geste d'adieu très digne, cela eut l'air d'une chute, sa canne de travers, ses genoux impossibles à plier et qui pliaient quand même, ses mains qu'il avait du mal à fermer crispées sur les bords du cercueil. Eux qui gardaient toujours leurs distances, il eut l'air de lui sauter au cou. Mais ce devait être une illusion, l'illusion due à l'usure, usure des genoux qui l'empêchait de vraiment marcher, qui le forçait à presque tomber quand il se pliait. Nous restions autour, en silence. Je ne pleurais pas.

À l'église je ne parvins pas non plus à pleurer, je ne sais pourquoi. Je regardais, je notais tout, je surveillais mes enfants pour qu'ils ne s'agitent pas, qu'ils ne courent pas, qu'ils ne crient pas. Je lus le texte que l'on me demandait de lire avec une décontraction admirable. J'avais une voix claire sans aucun sanglot. Je sais lire ; je lisais. Je ne pleurais pas, je le regrettais un peu, je croyais entendre tout au fond le bruit de mes larmes, comme un peu d'eau agitée dans un bidon.

Quand tout fut fini, quand tout le monde eut lu, quand le prêtre eut parlé, nous fûmes prêts, et nous nous levâmes. Le cercueil fermé était posé dans la nef, on allait l'emmener, elle était dedans. Le corbillard attendait devant le parvis, coffre ouvert, moteur au ralenti.

«Eh bien, allez», dit mon grand-père. Et il frappa sa canne sur le sol, et je me mis à pleurer.

Il fit le premier pas et tout le monde le suivit. Ce premier geste, ce premier pas de lui s'appuyant sur sa canne, ce premier pas derrière le cercueil que l'on emportait me fit fondre en larmes, toutes mes larmes accumulées pendant le jour. Je vis, dans un mouvement de sa veste, ce point central qui fit redoubler mes larmes, la boucle de sa ceinture qui retenait son pantalon de vieillard, sa boucle de métal usé, très usé, qui tenait sa ceinture de cuir fendillé. Son pantalon de vieillard flottait sur ses jambes maigres et semblait tenir par un bout de ficelle effiloché. Je fondis en larmes de voir sa boucle de ceinture, ou bien ce fut le coup de canne sur le sol, le coup de canne décidé qui donna le signal, et ensuite tout le monde le suivit.

«Eh bien, allez, dit-il. Allons-y», et il frappa le sol de sa canne, il fit un premier pas un peu courbé et je vis la boucle oxydée de sa ceinture qui tirait sur le cuir craquelé, tout usé. Je vis cela, qui me fit fondre en larmes, et j'en fus inconsolable. Cette boucle de ceinture perça brusquement le barrage où les larmes s'accumulaient; à moins que ce ne fût l'unique coup de canne vigoureux et sonore qui déclencha la marche funèbre, à moins que ce ne fût sa chute empressée, due à ses genoux bloqués, qui ne lui permettaient pas de donner un baiser sans choir. «Attendez, avait-il dit. Une dernière fois.»

Et sortant de l'église je pleurais sans m'arrêter.

Truc à bicyclette

J'ai pris le chemin de Truc, et j'en suis revenu. Truc est le mot français qui désigne un objet dont on ne connaît pas le nom. Mais Truc est le vrai nom d'un village situé à l'écart, juste au bord du plateau, désigné comme Le Truc par de tout petits panneaux qui indiquent les routes latérales, entre les buissons, entre les haies, entre les bordures de champs mal alignées, à travers des collines pentues qui ne permettent pas de voir loin. J'allais à Truc à bicyclette, et lorsque j'y fus, j'étais ailleurs, et partout.

Une habile disposition de collines isole Truc du reste du monde, un cercle boisé l'entoure, on n'y voit ni pylône, ni villa, ni dans le ciel aucune trace d'avion. Les champs sont plantés de blé, ce qui est archaïque, et toutes les maisons sont en pierre, leur façade au sud bleuie de cuivre car on y laisse grimper la vigne. J'arrive par un chemin bordé de murets, les gros pneus de ma bicyclette font jaillir de petits cailloux et soulèvent de la poussière. On ne travaille pas dans les champs, personne n'ouvre de fenêtre, je ne vois aucun véhicule si ce n'est un tracteur d'un modèle ancien, tant envahi d'herbes qu'il ne roulera plus. Rien ne m'indique quand je suis, ni même si là où je suis est bien situé dans ce monde où je crois être. Je ne sais pas si je pourrais trouver la sortie. Je n'entends d'autre bruit que les feuilles qui bougent, les blés qui frottent, les cailloux sous mes pneus, j'entre dans Truc et n'y vois personne. L'église est ouverte, j'y entre, des yeux de tôle me regardent. Mes yeux s'habituent à l'ombre, mes yeux trop mobiles pour la lenteur de ce village. Sur le mur de l'église sont accrochés des portraits alignés, des portraits de jeunes hommes sur des plaques de tôle émaillée. Le support brille, les tons sont bleutés, les portraits sont des photographies comme on les faisait alors, avec le modèle qui pose et ensuite retouchées, entourées d'un cadre de feuillages et de fleurs. Ils sont jeunes mais essaient de ne pas le montrer, ils portent moustache et cheveux plaqués, leur cou sort bien droit du col militaire. On a redessiné les insignes, les épaulettes, le chiffre du régiment, pour qu'ils soient bien lisibles. Ils sont tous morts. Ils recouvrent un mur de l'église ; leur nom est gravé sur une plaque de calcaire en une liste de prénoms désuets, de dates regroupées sur cinq ans, de noms de lieux qui ne correspondent pas à ce que l'on entend ici ; loin. Dans l'ombre de l'église il n'est pas de couleur, aucun mouvement. Je vois avec leurs yeux de tôle émaillée, je vois avec leurs yeux de métal gris, je vois ce village isolé au bord du plateau avec les mêmes yeux qu'eux-mêmes pouvaient avoir. Rien n'a bougé ; rien ne bouge plus. Ils doivent être plus nombreux accrochés à ce mur qu'à vivre dans ces maisons où je n'entends rien. Les listes aux murs des églises dans la campagne sont si longues qu'elles peuplent des villages entiers. Dans la lumière inclinée flotte de la poussière. Je vois, avec leurs yeux morts, les maisons de pierre aux murs bleus, les champs de blé, le chemin caillouté et le ciel sans trace d'avion. Pourquoi cela changerait-il, maintenant, puisqu'il n'est plus d'yeux pour le voir? Il n'est plus que des yeux de tôle peinte, très lents, qui ne voient pas les couleurs. Rien ne peut plus changer.

À Truc à bicyclette, en ce jardin, je me déplace comme un esprit qui ignore le labeur des champs, qui ignore le lent travail qu'effectue le temps : je vois comment tout était, comment tout a été laissé en plan. Eux perdus, cela n'a plus de raison de changer. Je vois par leurs yeux de tôle ce qu'ils virent avant de mourir, lors de nuits éclairées comme des jours, ou de jours obscurcis de fumées jaunes, déliquescents de boues et de gaz verts, je vis ce qu'ils virent brusquement, l'éclat trop rapide, la flamme trop vive, le coup trop vif, le choc extrême des objets lancés plus vite qu'ils ne peuvent courir, les pistolets simples et doubles, pistoles, carabines, arquebuses, mousquets gros et petits, pétards, pots et grenades, fauconneaux, pièces de campagne, couleuvrines, dragons, berches, petriers, canons gros et petits, renforcés, redoublés, endiablés à vrai dire, artillerie de fonte, de bois, de terre, de mer, bouches d'enfer qui vomissent du soufre, des cailloux, des boules de fer, des chaînes, des foudres, des morts, des enfers, bouleversant les villes, saccageant les peuples, renversant les armées entières, et d'un seul coup donnant plusieurs morts, et d'une verte campagne faisant une mer rouge, et un cimetière couvert d'os et de corps vifs et morts tous ensemble, ceci représentant sur terre les bourrelleries de l'Enfer. Les machines, à peine modifiées pour être des hachoirs à hommes, erraient comme de grands scorpions, les broyeurs industriels balançaient leur queue, dépeuplant.

Je sors de l'église et je vois Truc par leurs yeux de tôle intacts, intacts comme avant, juste avant le dépeuplement. Mon vélo appuyé contre le mur est la seule marque ici du passage du temps. Je le réenfourche et sors de Truc, sans bruit. Ce jardin intact je le vois avec d'autres yeux que les miens, leurs yeux de tôle, leurs yeux avant qu'ils ne se ferment au passage de l'ange du XXᵉ siècle, avec ses ailes de fer. Depuis, cela reste ici, un peu de poussière flotte dans les rayons de lumière, personne n'ouvre plus les fenêtres, je n'entends aucune voiture, et dans le ciel aucune trace du passage d'un avion. Je roule sans heurts. La rotation de ma bicyclette a le bruit régulier d'un projecteur de cinéma muet. Je reviens de Truc, le mot français que l'on utilise pour ce dont on ne sait pas le nom.

Plus fort du monde

À la campagne où je vais pour de longs jours d'été, on lit le journal local. On le trouve à la Maison de la presse, sur la place devant l'église, et dans l'épicerie qui vend de tout, sur un présentoir métallique qui le décline en plusieurs versions, où changent les pages intérieures consacrées à la vie des villages. Quand on déplie ces journaux, ils sont plus vastes qu'un quotidien national, leurs pages plus colorées et leur papier un peu mou. Je ne les ouvre presque jamais. Il y a si peu à lire dans le journal local que seulement parcourir ses grandes feuilles molles me donne un accès de mélancolie. Je me sens abandonné, sans rien à lire. Alors, au tenancier de la Maison de la presse, je demande un quotidien national, l'un ou l'autre de ceux que l'on peut lire, et souvent il n'en a déjà plus. Le week-end quand ils font relâche, je ronge mon frein. C'est l'été, n'avoir rien à lire m'inquiète, j'ai emporté de petits volumes imprimés serré, mais j'aimerais le journal. Celui que l'on trouve ici ne me donne rien à lire. Je le regrette ; je me trompe d'usage.

Qu'il n'y ait rien à dire, dans cette campagne tranquille qui cuit tout l'été, on le sait. On lit chaque jour le journal local en grommelant qu'il n'y a rien, on le sait, mais on ne le manque jamais, debout au comptoir, assis en terrasse, ou sur la table de la cuisine : toujours on le cherche et on le prend, toujours on déplie ses grandes feuilles molles, et toujours, dans un silence un peu pincé on les parcourt, on les tourne, toutes, et on les replie. «Il n'y a rien», dit-on en reposant le paquet de feuilles molles mal repliées. Mais il faut l'entendre comme un soupir de soulagement, une conclusion rassurante : aujourd'hui, rien. On a parcouru la liste des morts, les faits divers, les accidents : il n'y a rien aujourd'hui dans le journal, la journée peut commencer, pas trop mal.

C'est là, dans la page ultralocale consacrée aux villages alentour, que j'ai lu que le toit du lavoir s'était effondré. À côté de la colonne de chiffres qui indiquait les médecins de garde et les heures d'ouverture de la mairie, il y avait trente lignes, une colonne et demie, un titre à rallonge qui disait déjà tout, illustré d'une photo en grisaille difficile à interpréter car des poutres dépassaient en tous sens du toit fracassé au sol. Le toit du lavoir s'était effondré, accroché lors de la fausse manœuvre d'un char à foin. Alors j'y suis allé, pour voir.

Le lavoir est en contrebas du village, au bord d'une route sinueuse entre deux lisières épaisses, penchées l'une contre l'autre. La route est en forte pente. Une source captée coule par un tuyau de fer dans un long bac aux bords biseautés, puis s'écoule un petit ruisseau qui suit la route jusqu'en bas. Un toit posé sur des piliers de bois recouvrait l'ensemble. Je le connais depuis toujours, ce lavoir en contrebas d'un village éloigné. Il est, au bord de la route, à l'intention des marcheurs, des vaches retour du pré, et des machines agricoles, un monument à la force de mon père.

Je le savais déjà, mais j'eus devant ce lavoir la formulation exacte de sa puissance exceptionnelle, sans rivale possible, un jour d'hiver où tout ployait sous la neige. J'ai le souvenir d'un hiver russe, où les routes étaient des pistes de neige tassée, traversant des champs dont on ne voyait plus les clôtures, recouverts d'un matelas blanc qui m'arrivait aux cuisses, où l'on marchait à grandes enjambées, comme enfilant à chaque pas de hautes bottes, dans le délicieux crissement d'un duvet de verre. Nous étions allés nous promener dans cette plaine russe, mon père, ma mère, moi, mon père tirant une luge par une grosse corde, cette luge en bois à larges patins que nous avions qui glissait moins bien sur les pentes que celles des autres de mon âge.

Nous allions, dans le silence et le blanc du paysage de neige, avec un petit bruit d'écrasement à chacun de nos pas, et les rêveries amusées qu'échangeaient tout haut mon père et ma mère, heureux de cet exotisme venu du nord pendant la nuit, et de la vapeur qui sortait de leur bouche à chacun de leurs mots.

Nous franchîmes le passage à niveau, et un peu plus loin le train s'était arrêté, étouffé de congères, et les cheminots descendus de la machine semblaient occupés à déblayer la voie. Dans la pente verglacée sous le lavoir, j'ai pu m'asseoir sur la luge. Mon père me tirait avec la grosse corde, montait la côte d'un bon pas, soufflant de la vapeur, accompagné des encouragements rieurs de ma mère. La route était abrupte, la luge lourde, et moi aussi, j'aimais le croire. Je m'en inquiétais tout haut, de l'angle de la pente, du verglas, de la difficulté de tirer tout ce poids. Il me répondit sans s'arrêter, à peine essoufflé, qu'il était le plus fort du monde. Nous passâmes le lavoir et il me tira jusqu'en haut.

Je le crus, ceci, mon père plus fort du monde, pourquoi ne l'aurais-je pas cru? puisqu'il l'avait dit, et il l'avait fait. Il m'avait tiré jusqu'au bout sans jamais faiblir, il pouvait me porter en continuant de bavarder plaisamment, la neige même ne l'arrêtait pas.

Je crus ceci comme on croit à la neige, sans y penser, j'y crus dix ans peut-être, jusqu'à ce qu'il me glisse, au cours d'une conversation dont je ne sais plus le but, que le voisin, ce grand type au gros ventre débonnaire, était bien plus fort que lui : il passa à autre chose sans remarquer mon effroi, qu'il n'aurait sans doute pas compris, dont il aurait sans doute ri. J'avais ressenti à l'entendre un brusque sentiment de nudité. Il me faudrait trouver plus fort, ailleurs que chez mon père.

Il était bien tard pour réaliser cela, mais je croyais à ce qu'il m'avait dit, j'y croyais comme à la neige, sans y penser; et ce à quoi on ne pense pas n'a pas de raison de changer.

Quand je lus dans le journal aux feuilles molles, quarante ans après l'hiver russe, hiver dont il n'est maintenant plus d'exemple, que le lavoir monumental s'était effondré, j'allai le voir. En effet le toit était tombé; les tuiles s'étaient disloquées et brisées par pans. Le tapis de mousse qui les recouvrait s'était déchiré, on en voyait le dessous, le feutrage brun sale des fibres mortes qui lui permet de se coller aux pierres. On le redresserait, bien sûr. Les poutres grises que le char à foin avait brisées, on les remplacerait de poutres neuves, bien droites et aux faces orthogonales ; les tuiles de terre cuite rongées de lichens et de pluie, on les remplacerait par des tuiles mécaniques rouges, qui s'emboîtent très bien les unes dans les autres. Mais le tapis de mousse déchiré, on ne le réparerait pas. Il met des années à pousser dans l'ambiance humide du lavoir, il pousse sans hâte, il est sans couture, on ne sait pas le remplacer. Le nouveau lavoir sera nu, éclatant, bien droit. Il ne sera plus monument à la force de mon père, dépourvu qu'il est de son grand drap de velours. Ce qui croît aussi lentement, quand cela se déchire, on ne le répare pas.

La vérité qui vient
juste avant la dernière

Dans un roman de Philip K. Dick, écrivain paranoïaque, on trouve l'anecdote suivante, qui me terrifia bien plus qu'un film d'angoisse : le personnage entre dans sa salle de bains, tend la main pour allumer la lumière, vers un interrupteur qui n'y est pas. Il se ravise et allume la lumière d'une autre façon. L'interrupteur était ailleurs, il allume la lumière et fait sa toilette. Mais en tournant les robinets, en se rinçant le visage, il se demande comment il a bien pu savoir que la lumière s'allumait ainsi. Il y repense. Il ne se souvient pas d'une salle de bains où la lumière s'allumait d'un interrupteur placé là où sa main spontanément était allée. Cela l'obsède. Il y pense pendant des jours. Et cela finit par démonter pièce à pièce toute la réalité où il vit. Ce qu'il croyait être chez lui n'est qu'une illusion : il est ailleurs ; ce qu'il croit être, autour de lui, remplace ce qui a disparu ; ce qui est a disparu, seule sa main s'en souvient. Son premier mouvement avait raison, comme souvent les gestes.

Donnez-moi un point d'appui, et je soulèverai le monde. Il n'est aucun roman qui ne montre une telle disproportion entre une cause et ses effets : la main se tend pour allumer la lumière dans la salle de bains, elle ne trouve pas l'interrupteur, qui est ailleurs, et de proche en proche la réalité s'effondre. Il croyait vivre paisiblement; il était dans un monde en guerre. La réalité telle qu'il la voyait n'est pas ainsi : sa main aveugle et obstinée avait raison. N'y a-t-il pas autour de moi des choses qui semblent n'être pas et que seul mon corps aveugle connaîtrait? Les sentiments étranges que je peux ressentir sans que je m'en explique, les battements du cœur qui soudain s'accélèrent, les réflexes de retrait ou de prise alors que rien n'est là, les suées alors qu'il fait froid, les érections nocturnes dédiées à qui je ne pense pas pendant le jour, tous ces gestes indiscutables dont je ne vois pas la raison, ne serait-ce pas la description du monde réel? que mon corps essaierait de m'expliquer avec ses pauvres gestes? alors que ma rétine et ma conscience, braves filles, n'y voient rien, ni même ne se doutent de rien? Il n'est pas de roman plus effrayant que celui-ci, qui commence dans une salle de bains et se termine dans un monde dévasté de frappes atomiques, monde dont on voulait épargner le spectacle au personnage principal. On lui dissimulait tout.

Le titre français de ce petit roman de genre est une approximation, qui peine à dire ce que l'on ressent à le lire : *Le temps désarticulé*, a-t-on traduit, mais cela fait montage branlant, cela utilise un mot trop long que l'on ne saisit pas de suite, dont on se demande ce qu'il signifie dans ce contexte; Dick écrivit *Time Out of Joint*, citation de Shakespeare qui dit que brusquement le temps se déboîte, que le temps se déjointe, qu'il pend hors de ses gonds, porte battante, porte ouverte dégondée ; plus rien d'étanche, le temps ne jointe plus, il fuit. Les traductions trahissent, on le dit toujours, les mots utilisés n'appuient pas aux mêmes points sensibles de la langue. Il faudrait dire autrement. Philip K. Dick, écrivain paranoïaque qui inventait des vérités cachées, que tout le monde sait sans oser y penser, écrivit un autre roman dont le titre résonne bien mieux en français, et j'aurais bien voulu qu'on l'affecte à celui dont je parle. *La vérité avant-dernière,* nomma-t-il cet autre roman, et cela aurait été le titre parfait pour celui dont je parle. La vérité avant-dernière est celle de la main qui s'approche d'une lumière qui n'y est pas, mais qui devrait y être ; et elle ouvre à la vérité dernière, qui est de voir toute l'horreur du vrai monde dévasté de frappes atomiques, que l'on veut cacher à celui qui n'y résisterait peut-être pas. Tout mon corps est agité de vérités avant-dernières, sueurs inexplicables, érections mal à propos, insomnies absurdes, battements de cœur irraisonnés ; mais ma conscience, inflexible, résiste à la vérité dernière. Elle refuse de relier les signes, elle les laisse s'agiter isolément. Peut-être un jour ferai-je un pas en arrière et contemplerai-je la vérité dernière dans son ensemble. Je n'y résisterai peut-être pas. Pour l'instant, la conscience tient. Elle reste le nez dans les signes, elle ne voit pas l'ensemble. Elle permet encore d'éviter de voir ; pour l'instant, je ne comprends pas. Je reste en vie.

Là commence le ciel

Il existe encore à Lyon un immeuble qui fut le premier que l'on bâtit en béton armé. En 1911 on l'appela gratte-ciel, le mot tout neuf fut aisément traduit de l'américain, il apparaît comme un monolithe, jailli du sol. On avait utilisé le procédé Hennebique dont je ne sais rien, qui permettait de construire sans entasser ni pierres ni briques, de simplement couler une pâte grise dans des moules de planches. On s'en méfiait de ces murs sans pierres, on construisit d'abord petit et utilitaire, on n'osait pas y vivre. L'immeuble dont je parle fut le premier où l'on put habiter, en béton armé, de sept étages. On l'appela gratte-ciel. Les locataires hésitèrent à s'y installer.

On ne disposait au sol que de très peu d'espace, il occupait l'angle aigu d'un pâté de maisons, entre deux rues qui divergent. Grâce au béton armé on réalisa des encorbellements qui faisaient gagner de la place en équilibre, en surplomb du rez-de-chaussée. Au niveau de la rue tout était normal : un trottoir, des murs ; mais si on levait la tête, le béton fluide s'élevait d'un seul geste, gagnait de l'ampleur, de la largeur, de la hauteur, architecture hardie qui ne tient que par elle-même. Il n'a que sept étages, il n'est guère plus haut que les immeubles qui l'entourent. En quoi est-il un gratte-ciel ? Il fait le geste de la grandeur sans être grand, il mime l'élévation qui bientôt dépassera tout. Dressé en 1911 il est l'embryon du xxᵉ siècle. Pour lui, à Lyon, on utilisa le procédé de fabrication qui permettrait des vertiges. Il est gratte-ciel par sa ligne pure, dirigée d'un trait vers le haut, et elle n'a aucune raison de s'arrêter. Quand on le voit, par son élégance on le croit haut. Et puis on raconte que sur l'arche qui le surmonte, sur l'arceau de béton blanc fixé dans l'azur, est écrit ceci : *Là commence le ciel.*

On la lit partout, cette devise, cette affirmation de poète, cette proclamation d'arc de triomphe, dans toutes les monographies d'architecture qui citent le petit immeuble à parements bleus, qui citent comme origine ce fœtus des plus hautes tours, ce début modeste du xxᵉ siècle vertigineux. Il est le début, il est la porte du ciel, et il le clame sur son arceau de béton blanc ; il vagit sa devise comme la prophétie du siècle qui arrive, comme le mot d'ordre des villes aériennes encore à venir : au-delà du toit plat, *là commence le ciel.*

J'ai beaucoup de tendresse pour la grâce de ce gratte-ciel, pour son élan vif qui ne va pas bien haut, pour ses mesures de maquette que l'on aurait conservée, et dessus on a gravé le bref poème du siècle de l'air : *Là commence le ciel.* Cela me faisait rêver ; je voulais le lire par moi-même, ce poème de quatre mots gravés sur les hauteurs, au sommet de cet immeuble dont il est le programme et l'aboutissement.

Je ne sais pas si on doit vérifier ce que l'on raconte,

mais un matin, profitant de ce qu'on laisse les portes ouvertes aux facteurs et aux éboueurs, aux nettoyeurs de carrelages et aux employés des eaux, j'entrai dans l'immeuble qui fut le premier gratte-ciel de Lyon. Je montai les étages, ornés comme on le faisait alors de fer forgé et de carreaux de couleur. En haut, la porte du grenier fermait avec un bout de carton coincé dans le chambranle. L'escalier juste derrière était raide, de bois très sec, poussiéreux de mâchefer comme tout ce qui à Lyon n'a pas été balayé depuis cinquante ans. Le grenier contenait des objets figés de poussière et de rouille. La porte de la terrasse tenait par une ficelle de sisal que je dénouai. Je fus dehors. Je vis l'arche. Des écailles en étaient tombées, on voyait la rouille des fers à béton. Rien n'y était inscrit. Des mousses, des sedums résistants à la sécheresse poussaient sur les murs fendillés et sur le gravier du sol jamais remué ; on ne venait pas ici. Je me penchai à la rambarde. On était un peu plus haut que les autres toits, on voyait bien la Saône, à la hauteur des pentes boisées qui en bordent les rives. Il n'y avait, au-dessus, que le ciel.

Je me penchai encore davantage, je tendis mon bras au-dessus du vide en tenant mon appareil photo, je pris des images de la face de l'arche tournée vers l'extérieur ; je vérifiai sur l'écran : rien n'apparaissait.

Le ciel commençait bien là mais ce n'était pas écrit. En levant le bras je touchais le ciel, en fermant les doigts je l'attrapais. Le ciel commençait là, au-dessus du gratte-ciel de sept étages. Peut-être les lettres étaient-elles tombées. Peut-être les avait-on ôtées, pour repeindre. Ou peut-être n'avait-on jamais rien écrit sur l'arceau de béton au-dessus du tout petit, du si joli, du premier gratte-ciel de Lyon.

La seule preuve que j'ai de ce poème de quatre mots — en dehors du fait qu'on le répète — est un dessin sur une simple feuille de papier à lettres d'un poète de 1911, dont on n'a pas gardé d'autre trace. Il dessina, maladroitement mais on le reconnaît, l'élan du gratte-ciel de sept étages. Il lui fait traverser des formes dont il note : *C'est des nuages*. Et au-dessus, selon une ligne courbe qui surmonte son esquisse, comme une arche, il écrit ceci : *Là commence le ciel*.

Peut-être ce poème de quatre mots n'existe-t-il que là, sur le dessin d'un poète dont il n'est pas d'autre souvenir, où il note, à côté, écrits à la main, quatre vers de circonstance sans aucun intérêt. Le feuillet est conservé dans des archives.

Je redescendis par les escaliers de bois sec, je refermai les portes avec leurs serrures enfantines. Le ciel commençait bien là, sur la terrasse où personne n'allait, au-dessus de la Saône, au niveau des collines boisées qui la contiennent et dirigent son cours. Le ciel commençait bien là, mais ce n'était pas écrit. C'était à moi de le dire.

Ouvrage composé
par : In Folio.
Achevé d'imprimer
sur Roto-Page
par l'Imprimerie Floch
à Mayenne, le 18 septembre 2013.
Dépôt légal : septembre 2013.
Numéro d'imprimeur : 85456.

ISBN 978-2-07-014205-7 / Imprimé en France.

254167